# Wer Geistert da?

Ein Paranormaler Cozy Mystery Crime
DIE GEISTERDETEKTIVIN BAND 6

## JANE HINCHEY

Übersetzt von

## TANJA LAMPA

PO Box 43
Ingle Farm, SA 5098
Australien

# Wer Geistert da?

**Die Leitung einer Privatdetektei in Firefly Bay wäre so viel einfacher, wenn nicht ein Dutzend älterer Geister jeden meiner Schritte verfolgte.**

Eigentlich will ich nur meine Fälle lösen, in Ruhe meinen Kaffee genießen, mit dem superheißen Detective Kade Galloway alias *Captain Cowboy Hot Pants* – wie er lieber genannt wird –, ausgehen und meine liebenswerte, aber auch manchmal nervtötende Familie davon abhalten, mein Geheimnis herauszufinden. Ich kann nämlich Geister sehen und mit ihnen reden.

Aber bevor ich *Milchkaffee* sagen kann , habe ich eine tote Krankenschwester, deren Tod kein Unfall war, ein Haus voller übernatürlicher Senioren, einen sprechenden Kater, der nicht versteht, dass die Diät, auf die ich ihn gesetzt habe, in seinem eigenen Interesse ist (seine Katzengeschenke in meinen Schuhen sind völlig unangebracht), und einen faszinierenden neuen Nachbarn, der mich (mehr als einmal) dabei erwischt hat, wie ich mit Geistern rede.

Hoffentlich kann ich das Rätsel lösen, warum ich

plötzlich zu einem Geistermagneten geworden bin, und die Verstorbenen überzeugen, weiterzuziehen, bevor man mich noch in eine Zwangsjacke steckt und abtransportiert.

# KAPITEL 1

$\mathcal{E}$in Dutzend Geister in meiner Küche, und keiner von ihnen sagte etwas. Sie waren vor drei Tagen aufgetaucht – sieben Frauen und fünf Männer, alle in den Siebzigern oder älter. Und trotz all meiner Animationsversuche hatte nicht einer von ihnen ein Wort gesprochen. Nada. Nix. Niente. Das war ungewöhnlich, denn wenn mich ein Geist aufsuchte, hatte er normalerweise unerwartet die Welt der Sterblichen verlassen und war ein wenig verwirrt darüber, was um Himmels willen gerade vor sich ging.

Aber nicht diese Leute. Nein, sie schwebten einfach nur in meiner Küche herum. Wenn sie sich wenigstens nützlich machen würden, solange sie hier waren, aber nein, das Geschirr war nicht gespült und morgens wartete auch kein frisch gekochter Kaffee auf mich. Das war allerdings auch ein bisschen viel verlangt, schließlich waren sie körperlos und konnten nichts anfassen ... aber trotzdem.

Auf dem Weg zur Kaffeemaschine verscheuchte ich eine grauhaarige Frau, die bereitwillig zur Seite trat.

„Ist jemand von euch Cecilia?", fragte ich und holte einen Becher aus dem Hängeschrank. Ich warf einen Blick über die Schulter und mein Blick wanderte auf der Suche nach einer Reaktion von einem Gespenst zum nächsten. Nichts. Nicht einmal ein Hauch von einer Regung. „Könnt ihr mich überhaupt hören?" Die Frage war rein rhetorisch. Sie hatten seit ihrem Erscheinen nicht auf meine Worte reagiert, waren sich aber meiner Gegenwart bewusst, sonst wäre die Frau mir eben ja nicht aus dem Weg gegangen. Nicht, dass dies unbedingt notwendig gewesen wäre. Ich hätte auch einfach durch sie hindurchgehen können, aber ... *igitt*. Außerdem war es immer eine eiskalte Angelegenheit, einen Geist zu berühren, und ich tat mein Bestes, um das zu vermeiden.

„Morgen, Audrey." Ben, mein bester Freund und dauerhaft hier wohnender Geist, den ich sehen, hören und mit dem ich kommunizieren konnte, erschien. „Wie ich sehe, ist der Besuch noch da." Er ließ sich auf einen Barhocker gleiten und sah mir zu, wie ich auf mein Gebräu wartete.

„Hey, Ben. Wie geht's?" Da Ben ein Geist war und daher keinen Schlaf brauchte, schaute er nachts bei seinen an Insomnie leidenden Nachbarn vorbei, die sich eine Serie auf Netflix oder vorzugsweise irgendeinen Late-Night-Shopping-Kanal ansahen, während ich schlief. Das vermisste Ben seit seinem Tod am meisten … seiner heimlichen Shopping-Sucht nachgehen zu können.

„Hey, ich habe etwas gesehen, das dir gefallen könnte." Er lehnte sich grinsend nach vorne, um die Ellbogen auf die Frühstückstheke zu stützen, nur damit eben jene unter der Oberfläche verschwanden. „Diese gelbe …"

„Neeeein!" Ich hob die Hand, um ihn zu unterbrechen. „Zu früh. Ich brauche erst einen Kaffee."

„Haben sie dich wach gehalten?"

Ich schüttelte den Kopf. Sie waren nicht sehr lästig, sofern es einen nicht störte, dass sie ständig hier herumhingen. Sie blieben tatsächlich die ganze Nacht in meinem Schlafzimmer, während ich schlief, und inzwischen hatten sich selbst mein Kater

Thor und meine Waschbärin Bandit an ihre Anwesenheit gewöhnt.

„Gott, hoffentlich bleiben sie nicht ewig hier", murmelte ich vor mich hin. Die Kaffeemaschine hatte ihren Auftrag inzwischen erledigt. Ich nahm den dampfenden Becher in beide Hände und hob ihn hoch, um den dekadenten Duft einzuatmen, während mir der Dampf ins Gesicht stieg. Ich schloss die Augen, trank einen Schluck, verzog das Gesicht, während ich mir Lippen und Zunge verbrannte, und hoffte, dass mir nicht die Tränen über die Wangen laufen würden.

„Heiß?", fragte Ben grinsend.

Ich ignorierte ihn. Wir hatten das schon so oft gemacht und eigentlich sollte ich inzwischen gelernt haben, meinem Kaffee ein oder zwei Minuten Zeit zum Abkühlen zu geben, aber wenn es um Koffein ging, setzte einfach mein Gehirn aus. Offenbar auch mein gesunder Menschenverstand.

„Bist du sicher, dass du nicht mit ihnen sprechen kannst?" Ich nickte in Richtung der alten Herrschaften, die nun regungslos hinter Ben standen.

„Ich habe es versucht. Aber ich kann es gern noch einmal probieren." Er rieb sich das Kinn und beäugte die Geister.

„Und du erkennst keinen von ihnen aus dem Heim?" Bens Vater, Bill Delaney, war an Alzheimer erkrankt und lebte inzwischen im Pflegeheim von Firefly Bay. Als die Geister zum ersten Mal aufgetaucht waren, hatte ich Panik bekommen und gedacht, Bill sei etwas zugestoßen, aber Ben hatte nachgesehen und festgestellt, dass es seinem Vater gut ging.

Ben schüttelte den Kopf. „Nein. Ich kann dir nur sagen, dass ihr aktuellster Todesfall Cecilia Fairweather ist, zweiundsiebzig Jahre alt. Sie ist letzte Woche im Schlaf gestorben."

Ich kratzte mich nachdenklich am Kopf. „Das ergibt alles keinen Sinn."

„Mom, Mom, Mom!" Bandit stürmte durch die Katzentür und rutschte über den Boden, als sie versuchte, den Geistern auszuweichen. Thor, mein übergewichtiger Britisch-Kurzhaar-Kater, folgte ihr, wobei er es mit seinem Bauch gerade noch durch die Katzentür schaffte. Seine Hinterbeine zappelten einen Moment in der Luft herum, bis er sich schließlich hindurchgezwängt hatte. Auf Anweisung des Tierarztes war Thor auf Diät gesetzt worden und darüber alles andere als glücklich.

„Was ist los, Bandit?" Die Waschbärin stand auf den Hinterbeinen und kratzte mit den Vorderpfoten an meinem Oberschenkel, was Striemen unter meiner Schlafanzughose hinterließ. Ich kraulte sie hinter den Ohren und zog sie dann vorsichtig von meinem Bein weg, bevor sie noch für ein Blutvergießen sorgen würde.

„Wir haben neue Nachbarn!"

„Jemand zieht gerade nebenan ein", fügte Thor mit seinem bezaubernden britischen Akzent hinzu. „Vielleicht verteilen sie ja Leckerchen?" Er machte prompt eine Kehrtwende und lief zur Katzentür zurück.

„Thor!"

Er blieb abrupt stehen und warf mir mit seinen orangefarbenen Augen einen Blick voller Verachtung zu.

„Du gehst nicht da rüber und bettelst um Essen", erklärte ich ihm und zeigte mit dem Finger auf ihn.

Falls Katzen ihre Augenbrauen hochziehen konnten, tat er genau das in diesem Moment, denn seine Schnurrhaare bewegten sich, bevor sich seine Augen verengten und sein Schwanz zuckte. Ich konnte praktisch sehen, wie sich die Rädchen in seinem Gehirn drehten.

Ich wandte mich an Ben. „Rede du mit ihm. Vielleicht hört er ja auf dich." Thor war Bens Kater gewesen, bevor Ben ermordet worden war. Und seit diesem schicksalhaften Tag konnte ich nicht nur Geister sehen, sondern auch mit Tieren sprechen. Also zumindest mit Thor und Bandit.

„Thor, Kumpel, komm schon", sagte Ben. „Du weißt, dass Audrey nur um deine Gesundheit besorgt ist. Der Tierarzt sagt, das Übergewicht sei nicht gut für dich."

„Das nennt man emotionales Essen", schniefte Thor. „Ich leide unter deinem Tod."

Oh, Thor war wirklich gut und Ben fiel wie ein Kartenhaus in sich zusammen. Er bückte sich und versuchte, seinen Kater zu streicheln, was ihm natürlich nicht gelang, da er ja körperlos war. Also konnte er auch nichts wirklich anfassen. Ich sah den beiden zu und fragte mich, ob in Thors Worten ein Funken Wahrheit steckte oder ob er uns nur manipulierte, um zu bekommen, was er wollte: Essen. Ben war nun seit über einem Jahr tot, und obwohl Thor schon immer gerne gegessen hatte, hatte er erst in letzter Zeit zugenommen, was mich zu der Annahme veranlasst hatte, dass sein Übergewicht nicht von der Trauer kam, sondern von der Völlerei.

Die Titelmelodie von *Ghostbusters* ertönte. Ich schreckte kurz auf und starrte auf mein Telefon, bevor ich danach griff. „Hast du den Klingelton etwa schon wieder geändert?"

Ben richtete sich grinsend wieder auf. „Vielleicht." Das war das Einzige, was er als Geist tun konnte: Metadaten von Elektrogeräten manipulieren. Wenn wir in einem Fall ermittelten, konnte er auf die Telefone der Verdächtigen zugreifen und mir sagen, wen sie angerufen oder wem sie eine Nachricht geschickt hatten.

Ein kurzer Blick auf den Bildschirm verriet mir, dass es mein superheißer Freund und der beste Detective des Firefly Bay Police Departments war: Captain Cowboy Hot Pants, alias Kade Galloway.

„Hey, Schatz, was gibt's?", meldete ich mich.

„Ist ein neues Gespenst bei dir aufgetaucht?", fragte er leise.

Ich zählte schnell durch. „Nein. Ich habe mein übliches Dutzend bei mir, plus Ben. Warum fragst du?"

Galloway seufzte. „Es hat einen Unfall gegeben."

„Ihr vermutet Fremdverschulden?" Ich musste nicht fragen, ob jemand gestorben war. Denn offensichtlich hatte es einen Todesfall gegeben, sonst hätte er nicht nach einem neuen Geist gefragt. „Ist das Opfer älter?"

„Nein. Die Frau ist einundzwanzig."

„Oh, wie furchtbar. So jung. Aber es tut mir leid. Sie ist hier nicht aufgetaucht."

„Könntest du zu mir an den Unfallort kommen und nachsehen, ob sie … du weißt schon, hier herumhängt?"

„Natürlich. Ich ziehe mich nur schnell an und bin gleich da." Ich notierte mir die Adresse und hatte gerade aufgelegt, als die zwölf stummen Geister plötzlich ihre Stimmbänder wiederfanden. Sie sahen mich alle an und riefen unisono: „Engel."

Ich konnte den Schrei nicht unterdrücken, der mir unwillkürlich mit etwas Pipi herausrutschte. Allmächtiger Gott, damit hatte ich nicht gerechnet!

„Engel?", wiederholte ich mit einer Hand auf dem Herzen, während ich versuchte, das rasende Klopfen zu beruhigen, das von dem Schrecken herrührte, den sie mir gerade eingejagt hatten.

„Engel", sagten sie wieder. Dann noch einmal. Und noch einmal. Und immer wieder. Ich hielt mir mit den Händen die Ohren zu und rannte die Treppe hinauf, wobei ich meine Fähigkeit verfluchte, Geister hören zu können. Hoffentlich waren sie bald wieder stumm. Mit stillen, schwebenden Geistern könnte ich klarkommen, aber nicht, wenn sie mantraartig *Engel* riefen.

Ich sprang in Rekordzeit in Jeans und T-Shirt

und hatte gerade einen Fuß in meinen Segeltuch-Sneaker gesteckt, als etwas Kaltes, Nasses und absolut Ekliges zwischen meine Zehen drang. Ich versuchte, nicht zu würgen, was mir nicht gelang, und zog den Fuß heraus, wobei mir Katzenkotze von den Zehen tropfte.

„Thor!", brüllte ich.

Natürlich antwortete das pelzige Tier nicht. Zweifellos war er nach nebenan gegangen, um sich bei unseren neuen Nachbarn einzuschmeicheln. Ich würde später selbst dort vorbeischauen, um ihnen Hallo zu sagen und sie höflich zu bitten, nicht auf seine Tricks hereinzufallen. Nachdem ich meinen Fuß in der Badewanne abgewaschen hatte, suchte ich mir ein sauberes Paar Schuhe, überprüfte es auf Katzenkotze und eilte dann nach unten, wobei ich mich fragte, ob eine Magenbandoperation auch für Katzen infrage kam.

# KAPITEL 2

*D*ie Unfallstelle war angesichts der blinkenden Lichter zweier Streifenwagen und eines Krankenwagens kaum zu übersehen. Wir befanden uns ein paar Kilometer außerhalb der Stadt, auf einer normalerweise ruhigen Straße. Ich hielt an, stellte den Motor ab und stieg aus meinem Honda CR-V aus. Galloway stand auf der anderen Straßenseite und winkte mir zu. Ich überprüfte den Gegenverkehr und eilte dann zu ihm.

„Der Nachname des Opfers ist nicht zufällig Engel?", fragte ich und akzeptierte den Kuss, den er mir auf die Wange drückte.

„Nein. Warum?" Galloway nahm mich an der

Hand und führte mich zu einem grünen Chevrolet Spark, der mit der Front gegen einen Baumstamm geprallt war. *Autsch.*

Ich senkte die Stimme. „Du weißt von meinen zwölf Gästen? Kurz nach deinem Anruf fingen sie plötzlich an, den Namen Engel zu rufen."

„Was meinst du, hat es damit auf sich?"

„Nun, ich dachte, es wäre vielleicht der Name deines Opfers. Allerdings war es schon unheimlich, wie sie ihn alle unisono aussprachen, ohne jegliche Emotion oder Melodie in der Stimme. Wie in einem Horrorfilm." Ich erschauderte bei der Erinnerung.

„Sind sie schon da?" Galloway schaute sich um, als ob er sie selbst sehen könnte. Wie süß.

„Noch nicht. Aber sie werden nicht lange auf sich warten lassen." Ich hatte inzwischen herausgefunden, dass die Geister mich zwar aufspüren konnten, wo immer ich war, aber sie tauchten nicht auf und verschwanden wieder wie Ben. Sie waren immer im Rudel und nur sehr langsam unterwegs, sodass ich sie oft kommen sah und noch Zeit zum Flüchten hatte. Oder zumindest vorübergehend das Unvermeidliche hinauszögern konnte.

Ich sah mir das zerquetschte Auto an. „Die

Kontrolle verloren und gegen den Baum gefahren?", vermutete ich und schaute vom vorderen Ende des Wagens zur Kurve hinter uns.

Galloway nickte. „So sieht es aus. Ist wohl irgendwann in der Nacht passiert. Ein vorbeifahrender Autofahrer hat das Wrack heute Morgen gesehen und angehalten. Also", er senkte seine Stimme und beugte sich vor, sodass er direkt in mein Ohr sprach, „kannst du sie sehen?"

„Eine junge Frau, sagtest du?"

„Ja. Molly Lewis. Einundzwanzig. Schulterlanges, gelocktes braunes Haar, braune Augen. Sie trug Jeans und ein helles geblümtes Oberteil."

Ich nickte und sah mich um. Alles, was ich sehen konnte, waren Polizisten und Sanitäter. Dieser Straßenabschnitt war abgesperrt worden und es gab keine Schaulustigen, die einen Blick erhaschen wollten.

„Tut mir leid." Ich schüttelte den Kopf. „Sie ist nicht hier. Sie ist weitergezogen."

Galloway rieb sich den Nacken. „Ich war mir sicher, dass sie dich … besuchen würde."

„Warum? Das hier war ein Unfall, oder nicht?" Ich starrte auf das zertrümmerte Auto. Die Tür auf der Fahrerseite war offen, die Airbags waren ausgelöst worden und hatten sich anschließend entleert. Sie musste mit ordentlichem Tempo unterwegs gewesen sein, wenn sie trotzdem nicht gerettet werden konnte. Ich lehnte mich näher heran und schaute auf die Windschutzscheibe. Durch den Aufprall gesplittert, aber unversehrt. Es gab keinen Hinweis darauf, dass sie mit dem Kopf dagegen geprallt war, also nahm ich an, dass sie den Sicherheitsgurt angelegt hatte.

„Es sieht wie ein Unfall aus", stimmte Galloway zu und wippte auf den Fersen vor und zurück. „Ist zu schnell gefahren und hat in der Kurve die Kontrolle verloren. Aber etwas irritiert mich."

„Ach ja?"

„Siehst du das?" Er zeigte auf den Boden.

„Was genau soll ich da sehen?", fragte ich, da ich nichts anderes als Schmutz entdecken konnte.

„Schleifspuren. Versteckt. Überdeckt. Aber es sieht so aus, als ob Molly von der Beifahrerseite des Wagens auf die Fahrerseite geschleift wurde."

Ich runzelte die Stirn. „Bist du dir sicher? Ich kann überhaupt nichts sehen." Ja, es gab viele Spuren auf dem Boden, aber schließlich war ein Dutzend Leute im Einsatz. Da waren Fußspuren nicht verwunderlich.

„Molly saß nicht hinter dem Steuer", erklärte Galloway. Ich hielt in meiner fruchtlosen Untersuchung des Bodens inne und sah ihn in der Erwartung an, dass er fortfuhr. „Sie lag auf dem Boden neben der Fahrertür."

„Also war sie noch bei Bewusstsein, nachdem sie gegen den Baum geprallt war? Wahrscheinlich hat sie versucht, rauszukommen und Hilfe zu rufen." Das wäre doch eine instinktive Reaktion, oder nicht? Nach einem Autounfall, insbesondere einem Frontalzusammenstoß, stieg wahrscheinlich Rauch aus der Motorhaube. Mein Instinkt wäre es, den Hintern aus dem Fahrzeug zu bewegen, für den Fall, dass das ganze Ding in Flammen aufging. Obwohl Galloway mir eine Million Mal erklärt hatte, dass so etwas selten vorkam und dass das, was wir im Kino sahen, nicht real war, hätte ich bestimmt versucht, mich in Sicherheit zu bringen und Hilfe zu rufen, wenn ich hinter diesem Steuer gesessen hätte. „Wo ist ihr Telefon?"

„In ihrer Handtasche."

„Und die war noch im Auto?"

„Ja. Im Fußraum vor dem Beifahrersitz. Wenn wir davon ausgehen, dass sie am Steuer saß, lag sie wahrscheinlich auf dem Beifahrersitz und ist beim Unfall auf den Boden gefallen."

Ich nickte zustimmend, als ich es hörte. Nicht das Geräusch von zwölf sich nähernden Geistern, die Engel riefen, sondern Musik. Ganz leise. Ich legte den Kopf schief und lauschte angestrengt. Was war das? *Black Magic*", sagte ich leise.

„Wie bitte?", fragte Galloway.

„Hörst du die Musik?" Ich schaute mich um und sah dann in Mollys Auto. Lief das Radio?

„Nein."

„Ich höre dieses Lied von einer Girlgroup. *Black Magic*." Ich sang ein paar Zeilen.

„Little Mix?"

Ich kniff die Augen zusammen. „Du hörst Little Mix?"

„Hey", rief er lachend und stieß mich mit dem Ellbogen an, „ich bin sehr vielseitig. Es gibt nicht nur Death Metal und Country, okay?"

„Das ist nicht einmal Death Metal."

Ein Abschleppwagen fuhr vor und ein Piepen ertönte, als er rückwärts setzte, um Mollys Auto auf die Ladefläche zu ziehen.

„Nun", ich stellte mich auf die Zehenspitzen und gab Galloway einen leichten Kuss auf den Mund, „das hier ist dein Fall. Ich muss nach Hause. Thor hat mal wieder in meinen Schuh gekübelt und nebenan ziehen gerade neue Nachbarn ein, die ich vorwarnen und bitten muss, nicht auf seine Bettelei hereinzufallen und ihn zu füttern." Da es so aussah, als sei Mollys Tod ein Unfall gewesen, und es keinen Geist gab, den ich fragen konnte, gab es für mich hier nichts zu tun.

„Neue Nachbarn? Wer denn?"

„Keine Ahnung, aber ich werde es herausfinden. Bis später."

Nachdem ich zu meinem Auto zurückgelaufen war, stieg ich ein, wendete in siebenundsechzig Zügen und fuhr wieder in Richtung Stadt, als mir meine zwölf Geister begegneten. Ich konnte ihnen unmöglich ausweichen, da sie die gesamte Straßenbreite in Anspruch nahmen. Sie ließen mir also keine andere Wahl, als direkt durch sie hindurchzufahren. Wahrscheinlich hätte ich die Augen nicht schließen sollen, denn als ich sie wieder aufmachte, wäre ich fast von der Straße abgekommen. Ich fing mich gerade noch rechtzeitig und erhaschte einen Blick auf die Geister im Rückspiegel, als sie sich neu gruppierten, umdrehten und mir folgten.

„Ist so Mollys Unfall passiert?", fragte ich mich laut. „Ist sie am Steuer eingeschlafen?" Eine Minute der Unachtsamkeit genügte und boom ... Hallo Baum. Das Radio lief. Pinks neuestes Lied ging gerade zu Ende und die ersten Töne von *Black Magic* von Little Mix erklangen. Ich starrte auf das Radio. Das konnte doch kein Zufall sein, oder? Ich könnte schwören, dass ich dieses Lied am Unfallort gehört hatte. Und jetzt lief es im Radio.

„Molly?", fragte ich, während mein Blick durch das Innere meines Wagens huschte, ich den Rückspiegel überprüfte und versuchte, einen Blick auf einen verirrten Geist zu erhaschen. Nichts. Sie war nicht hier. Seltsam. Das war alles sehr seltsam.

***

Zu sagen, mein neuer Nachbar sei ein Adonis, wäre eine Untertreibung. Ich stand auf seiner Veranda, eine Papiertüte mit einem Muffin von Nicks Bodega in der Hand, und starrte ihn einfach nur an. Ich war mir ziemlich sicher, dass mein Mund offen stand, und die Wahrscheinlichkeit, dass ich sabberte, war groß. Ich blinzelte und fuhr mir abwesend über das Kinn.

„Hey", wiederholte Adonis, „alles okay? Kann ich dir etwas bringen? Ein Glas Wasser vielleicht?"

Ich schüttelte mich aus meiner Verblüffung und hielt ihm die Papiertüte hin. „Audrey, von nebenan", stellte ich mich wortgewandt vor. Er lächelte, ignorierte die Tüte und ich wurde fast ohnmächtig.

„Sebastian Castle. Nenn mich Seb. Komm rein." Er trat zurück und winkte mich herein. „Entschuldige die vielen Kisten."

Seb war groß – und mit ‚groß' meine ich weit über zwei Meter –, hatte aschblondes, kurzes Haar, das aber oben in luxuriösen Wellen gestylt war, elektrisierend blaue Augen und war absolut heiß. Wenn ich nicht mit Galloway zusammen wäre, würde ich ernsthaft in Erwägung ziehen, meinen Hut bei ihm in den Ring zu werfen. Aber mein Herz gehörte Galloway, was bedeutete, dass Seb eine bloße Augenweide war, womit ich sehr gut leben konnte.

„Ähm. Ich wollte nur kurz Hallo sagen und dich in der Nachbarschaft willkommen heißen", sagte ich und hielt immer noch die Muffin-Tüte in der Hand, weil er sie mir nicht abgenommen hatte. Jetzt wusste ich nicht, was ich damit anfangen sollte, und kam mir ziemlich dämlich vor. Ich war nicht darauf vorbereitet gewesen, wie attraktiv er war. Er hatte mir völlig den Wind aus den Segeln genommen, aber allmählich sammelte ich mich wieder und setzte ein Lächeln auf. „Und falls meine Katze – oder mein Waschbär – hier um Futter betteln, gib ihnen bitte nichts. Sie sind nicht am Verhungern, auch wenn sie gerne so tun. Tatsächlich sind sie sehr gut genährt. Zu gut genährt. Thor ist auf Diät."

„Und ist Thor die Katze oder der Waschbär?" Perfekt geformte Brauen zogen sich in die Höhe.

„Thor ist die Katze. Er ist ein grauer Britisch-Kurzhaar-Kater. Total entzückend, aber", ich machte eine Bewegung mit meiner Hand über meinen Bauch, „ziemlich rund."

Seb grinste. „Alles klar. Thor und den Waschbären nicht füttern. Ist es denn sehr wahrscheinlich, dass sie hierherkommen?"

Ich schnaubte. „Um Essen abzustauben? Ganz bestimmt. Der Waschbär heißt Bandit. Nur für den Fall, dass du das wissen willst."

Seb grinste immer noch. „Kein Problem. Ich freue mich schon darauf, sie kennenzulernen. Audrey, richtig?"

„Audrey Fitzgerald." Ich legte die Muffin-Tüte auf eine Kiste und streckte die Hand aus. Seb schüttelte sie. Er hatte einen angenehmen Händedruck. Nicht zu fest, nicht zu schlaff. Einfach … angenehm.

„Freut mich, dich kennenzulernen, Audrey Fitzgerald." Er lächelte und weiße Zähne setzten sich von seinem gebräunten Gesicht ab. „Also, keine Arbeit heute?"

Ich runzelte die Stirn. „Wie bitte?"

„Na ja, es ist Freitag. Und du bist zu Hause. Also … hast du heute frei? Oder bist du Hausfrau und Mutter?"

Die Vorstellung brachte mich zum Lachen. „Ich bin Privatdetektivin. Ich arbeite von zu Hause aus."

Er blinzelte. „Wow! Privatdetektivin? Das ist toll. Und faszinierend."

„Und du?", fragte ich pflichtbewusst. Model. Er musste Model oder Schauspieler sein. Bei diesem Körperbau, der Symmetrie und dem Gesamtpaket konnte er nichts anderes sein.

„Ich bin Lehrer."

*Hallo?* Ich räusperte mich, legte den Kopf schief und fragte: „Wie bitte? Sagtest du gerade … *Lehrer?*"

Er lachte. „Die Reaktion erlebe ich oft. Ja. Ich bin Grundschullehrer. Ich unterrichte die dritte Klasse."

„Ich wette, die Mütter lieben dich", murmelte ich vor mich hin.

Seb legte eine Hand ans Ohr. „Entschuldigung? Was hast du gesagt? Ich habe dich leider nicht verstanden."

„Ich sagte, ich wette, die Kinder lieben dich", log ich, lächelte und zeigte alle meine Zähne. „Nun." Ich trat von einem Fuß auf den anderen, schaute mir den Berg von Kisten an und wedelte mit den Armen in der Luft herum. „Dann überlasse ich dich mal dem hier. Nochmals herzlich willkommen, und bitte sag mir Bescheid, wenn Thor und Bandit nerven."

„Ich verspreche, sie nicht zu füttern." Er salutierte. „Zumindest nicht mit ungesundem Zeug."

Oh, Mann. Thor und Bandit würden ihn lieben.

## KAPITEL 3

Ich stand auf dem Rasen hinter dem Haus, wusch meinen bekübelten Schuh aus und war von Ben und meinen zwölf Geistern umgeben, die zum Glück gerade schwiegen. Mit dem Schlauch in der Hand unterhielt ich mich mit Ben und beklagte mich darüber, dass Thors Ablehnung der – vom Tierarzt empfohlenen – Diät zu einem regelrechten Krieg zwischen mir und meinem – seinem – geliebten Kater geführt hatte, als Sebs Stimme direkt hinter mir erklang.

„Mit wem redest du?", wollte er wissen.

Ich schrie erschrocken auf, drehte mich um und spritzte ihn mit dem Schlauch nass. So standen wir also da und sahen beide fassungslos aus, nur dass er jetzt Teilnehmer eines Wet-T-Shirt-Wettbewerbs war.

„Meinst du, du könntest das abstellen?", fragte er, während das Wasser weiter an seinem Oberkörper herunterlief.

„Klar! Sorry!" Ich quetschte den Schlauch zusammen und stoppte damit den Wasserstrahl. „Ich habe nur mit mir selbst geredet", meinte ich und zeigte dann auf meinen nassen Schuh. „Thor ist auf Diät und hat sich angewöhnt, mir seinen Unmut mitzuteilen, indem er in meine Schuhe kübelt."

„Alles klar." Seb versuchte, sein T-Shirt auszuwringen.

„Das tut mir leid." Ich nickte in Richtung seines Shirts. „Du hast mich erschreckt."

Sein Gesicht verzog sich zu einem breiten Lächeln. „Ja, das habe ich bemerkt. Nur … ich hatte das Gefühl, als ob dir jemand zuhören und antworten würde."

Mein eigenes Lächeln entglitt mir. Es wurde immer schwieriger, meine Fähigkeiten, mit Geistern zu sprechen, geheim zu halten. Meine Familie wurde auch immer misstrauischer und das Letzte, was ich jetzt brauchte, war meine Schwägerin Amanda, die mitbekam, dass ich mit Geistern sprach. Sie würde mich in eine psychiatrische Anstalt einweisen lassen, bevor ich auch nur ein Wort sagen könnte. Momentan herrschte zwischen uns ein unbequemer Waffenstillstand, weil sie mich ständig von meiner Ungeschicklichkeit heilen wollte. Es gab keinen Grund, für unnötigen Aufruhr zu sorgen.

„Mit wem hätte ich denn reden sollen?" Ich wedelte mit den Armen im leeren Garten herum. „Hier ist niemand." Niemand außer den dreizehn Geistern und uns.

Er senkte den Kopf, ein verlegener Ausdruck huschte über sein Gesicht. „Du hast recht! Ich weiß es nicht. Vermutlich liegt es am Umzugsstress."

„Woher kommst du eigentlich, Seb?", fragte ich, ging zum Hahn und drehte das Wasser ab.

„Mein Arbeitsvertrag in der Stadt ist ausgelaufen, also habe ich mich um eine Stelle an der Grundschule in Firefly Bay beworben, und hier bin ich."

„Also hast du das Haus gemietet?"

„Oh, nein, ich habe es gekauft. Ich möchte hier Wurzeln schlagen. Es ist Zeit, dass dieser Junggeselle endlich sesshaft wird."

„Ooooooh, Mann", murmelte Ben, „das wird gefährlich."

„Was meinst du damit?", fragte ich und warf Ben einen Blick zu.

Seb sah mich an, als ob mir gerade zwei Köpfe gewachsen wären. „Was ich damit meine? Ich … ich dachte, das wäre ziemlich offensichtlich. Ich will mir ein Zuhause schaffen. Mich niederlassen. Kinder haben." Er kratzte sich am Kopf und lächelte.

„Ertappt", meinte Ben lachend, aber ich fiel nicht mehr darauf herein. Diesmal hielt ich den Blick fest auf Seb gerichtet.

„Richtig, sorry." Ich schüttelte den Kopf. „Ich kann mich heute wirklich nicht konzentrieren. Kann ich dir irgendwie helfen? Damit meine ich nicht die Suche nach einer Frau, aber du bist aus einem bestimmten Grund hierhergekommen?", fragte ich hastig und spürte, wie ich rot wurde.

„Ich hatte gehofft, ich könnte mir eine Tasse Kaffee schnorren", meinte er hoffnungsvoll. „Bis ich die Kiste finde, in die ich die Kaffeemaschine gepackt habe, muss ich mich mit Coffee to go begnügen, aber ich habe wirklich keine Lust, nur für einen Kaffee in die Stadt zu fahren."

„Natürlich! Kein Problem. Komm rein." Ich winkte in Richtung der Glasschiebetüren auf meiner Terrasse, während ich nach meinem nassen Schuh griff. Ich schüttelte ihn, so gut es ging, aus und stellte ihn auf die Veranda, damit er in der Sonne trocknen konnte. Keine Ahnung, ob der Stoff Katzenkotze und Nässe überleben würde, aber ich musste es zumindest versuchen.

Seb ging vor, blieb drinnen stehen und sah sich in der großen, offenen Küche, dem Ess- und Wohnzimmer um. Er pfiff leise. „Nettes Häuschen“,

„Danke.“ Ich zuckte mit den Schultern und kümmerte mich um die Kaffeemaschine. „Es hat meinem Freund gehört. Ich habe es geerbt.“

„Oh, dein Freund ist gestorben? Das tut mir leid. Das ist hart.“

„Ja. Das ist jetzt etwas mehr als ein Jahr her. Er hat mir dieses Haus, seine Detektei und Thor hinterlassen.“

„Oh, die Katze gehört also gar nicht dir?“

„Jetzt schon.“

„Also, diese Sache mit dem Erbrechen in deinem Schuh? Glaubst du, dass er das tut, weil er sein Herrchen vermisst?“

Ich schüttelte bereits den Kopf. „Nein. Natürlich weiß ich, dass er ihn vermisst, aber das ist nur wegen der Diät. Können Katzen an Essstörungen leiden?“

„Warum nicht? Es könnte aber auch mit Ängsten zu tun haben.“ Seb schlenderte durch das Wohnzimmer und besah sich die Bücher in den Regalen, von denen drei mir gehörten.

„Ich glaube, ich mag ihn“, sagte Ben, der neben

mir am Tresen lehnte, die Arme vor der Brust verschränkt, und Seb beim Lesen der Titel beobachtete.

„Geht mir auch so", murmelte ich. „Er ist definitiv eine Verbesserung gegenüber Mrs Hill."

Ben wandte seine Aufmerksamkeit mir zu. „Du *magst* ihn doch nur, oder? Was ist mit Galloway?"

Ich schlug ihm empört auf die Brust. Zumindest versuchte ich es. Aber meine Hand ging direkt durch ihn hindurch. „Wie kannst du es wagen", zischte ich. „Es ist mir erlaubt, mit Männern einfach nur befreundet zu sein. Hallo!" Ich zeigte von ihm zu mir und wieder zurück. „Ein typisches Beispiel."

Ben nickte. „Alles klar. Aber ich muss sagen, dass Seb verdammt gut aussieht."

„Ich bin nicht blind", fuhr ich ihn an und warf einen Blick auf den gut aussehenden Typen, um festzustellen, dass er mich mit schiefem Kopf beobachtete.

„Okay, ich gestehe", rief ich und grinste reumütig. „Du wirst das über kurz oder lang sowieso über mich herausfinden, also kann ich es dir genauso gut direkt verraten."

„Was machst du da?", fuhr Ben mich an und richtete sich kerzengerade auf.

„Oh? Was gestehen?“, fragte Seb, dessen Neugierde geweckt war.

Ich hob die Hand und zählte an den Fingern ab. „Zunächst einmal bin ich ungeschickt. Unglaublich ungeschickt. In Firefly Bay bin ich dafür sogar berühmt. Vor allem, wenn du meine Familie fragst.“ Ich hielt einen zweiten Finger hoch. „Und ich rede mit mir selbst. Sehr oft. Und sehr lebhaft, wie du gerade selbst erlebt hast.“

„Ahhhha. Das erklärt einiges.“ Seb grinste, dann wandte er seine Aufmerksamkeit wieder dem Bücherregal zu. „Du stehst auf Krimis, wie ich sehe.“

„Die sind von Ben.“ Der Kaffee war endlich fertig und ich stellte seinen Becher auf den Küchentresen. „Hier, bitte sehr.“

Er kam mit langen, leichten Schritten durch den Raum. „Audrey Fitzgerald, du bist eine Lebensretterin.“ Er nahm den Kaffeebecher, stieß mit meinem an und trank einen Schluck, wobei er einen übertriebenen Seufzer von sich gab. „Nirwana“, flüsterte er mit geschlossenen Augen. „Ich glaube, wir beide werden gute Freunde“, fuhr er fort, öffnete seine strahlend blauen Augen und starrte mich an.

„Warte, bis du meinen Freund kennenlernst.“ Ich grinste. „Du wirst ihn lieben.“

„Nette Überleitung, Fitz." Ben nickte zustimmend. Ich ignorierte ihn, was alles andere als leicht war.

„Er ist beim Firefly Bay Police Department", fuhr ich fort. „Detective Kade Galloway."

„Das ist toll!" Seb lächelte und zeigte wieder seine unglaublich weißen Zähne. „Komm mit ihm vorbei, wenn er das nächste Mal hier ist. Ich würde ihn gerne kennenlernen. Vielleicht könnte er in die Schule kommen und mit den Kindern sprechen. Ich wette, sie würden sich freuen, einen echten Detective kennenzulernen." Seb hielt seinen Kaffeebecher hoch. „Darf ich den mitnehmen? Ich will dich nicht aufhalten und muss noch eine Menge auspacken, ganz zu schweigen davon, dass ich mein T-Shirt wechseln muss. Ich bringe ihn natürlich zurück."

„Klar." Ich zwang mich zu einem Lächeln.

„Er läuft weg, weil er dich für verrückt hält", meinte Ben grinsend, verschränkte die Arme vor der Brust und sah Seb nach.

Ich runzelte die Stirn. „Glaubst du wirklich, dass er das denkt?"

„Hallo? Er hat dich zweimal kurz hintereinander dabei erwischt, wie du mit der Luft geredet hast. Ganz zu schweigen davon, dass du ihn mit dem

Schlauch nass gespritzt hast. Sobald er den Kaffeebecher in der Hand hatte, war er weg."

„Oh, okay." Ich trank einen Schluck meines eigenen Kaffees. „Vielleicht ist es besser so. Gott weiß, dass es schwer genug war, mein Geheimnis zu bewahren, als Mrs Hill nebenan gewohnt hat. Ich habe mich daran gewöhnt, mich in meinem eigenen Haus frei zu bewegen."

Das Klingeln an der Tür riss mich aus meinen Gedanken. Jedes Mal, wenn es an der Tür klingelte, nahmen Thor und Bandit plötzlich das Verhalten eines Hundes an. Die beiden stürmten die Treppe hinunter und kamen an der Eingangstür zum Stehen. Ein leises *Bumm* hallte durch den Flur, als Bandit wie immer gegen die Wand rutschte.

„Mom, Mom, Mom!", rief Bandit. „Da ist jemand, da ist jemand." Als hätte ich die Türklingel nicht gehört und als wüsste nicht, was sie bedeutete. Aber wer könnte es ihr übel nehmen?

Thor hingegen war ein wenig zurückhaltender. „Keine Sorge, ich kümmere mich darum", meinte er, obwohl ich mich immer fragte, wie er *sich darum kümmern* wollte, da er die Tür ja nicht öffnen konnte. Ich lächelte das ungestüme Paar an, trat um die beiden herum und öffnete die Tür.

„Sind Sie die Privatdetektivin?", fragte eine Frau

Anfang fünfzig. Sie war etwas mollig, etwas zerzaust und sehr wütend.

„Ja. Ich bin Audrey Fitzgerald von Delaney Investigations."

„Gut. Ich muss Sie engagieren." Sie schob sich an mir vorbei und ließ mir keine andere Wahl, als gerade noch einen Schritt zur Seite zu machen, bevor sie über mich hinweggetrampelt wäre.

„Kommen Sie ruhig rein", knurrte ich. Sie stürmte durch das Haus in den hinteren Wohnbereich. Ich folgte ihr.

„Kaffee?", fragte ich.

„Tee?"

Ich legte den Kopf schief. „Natürlich. Setzen Sie sich." Ich wies auf einen der Hocker an der Frühstückstheke, und während sie sich setzte, griff ich nach dem Wasserkocher und befüllte ihn. „Warum erzählen Sie mir nicht, was Sie hierhergeführt hat?", bat ich sie.

„Meine Tochter …" Sie brach ab. Ich schaute vom Wasserkocher auf und sah, wie ihr Kinn zuckte und eine Träne über ihre Wange kullerte. „Meine Tochter ist gestern Nacht gestorben", stammelte sie. „Und die Polizei sagt, es war ein Unfall. Dass sie betrunken Auto gefahren ist."

Ich erstarrte. War ihre Tochter Molly Lewis? Die

junge Frau, wegen der Galloway mich vorhin angerufen hatte?

„Das tut mir sehr leid, Mrs …?“

„Lewis. Joan Lewis.“ Sie schniefte und ich ging zum Couchtisch hinüber, um eine Schachtel Taschentücher zu holen und sie neben sie zu stellen.

„Sie glauben nicht, dass es ein Unfall war?“

„Molly war aufgeweckt, klug und so witzig“, erklärte Joan. „Und clever. Sie wäre nie betrunken Auto gefahren. Niemals.“

Galloway hatte nicht erwähnt, dass Molly getrunken hatte, aber er hatte ja auch noch ganz am Anfang der Ermittlungen gestanden. Wahrscheinlich hatten sie noch keine Tests durchgeführt.

„Gibt es einen toxikologischen Bericht?“, wollte ich wissen.

„Die Ergebnisse liegen noch nicht vor.“ Joan schnappte sich ein Taschentuch und putzte sich die Nase. „Aber der Polizist sagte, er hätte ihn an ihr riechen können.“

„Das heißt nicht, dass sie zu viel getrunken hat“, sagte ich.

Mrs Lewis nickte. „Genau das habe ich auch gesagt. Ich glaube nicht, dass es ein Unfall war. Ich glaube, dass Molly ermordet wurde, und ich möchte, dass Sie ihren Mörder finden.“

Ich blinzelte sie überrascht an. „Wieso glauben Sie, dass sie ermordet wurde?"

„Jemand war bei ihr. Jemand weiß, was passiert ist." Joan Lewis war eindeutig davon überzeugt. Ich rief mir den Unfallort in Erinnerung. Galloway hatte gedacht, Molly sei bewegt worden, dass sie vielleicht die Beifahrerin gewesen war und dass jemand sie auf die Fahrerseite des Wagens gezerrt hatte.

„Haben Sie eine Ahnung, wer?"

„Wahrscheinlich ihr Freund. Nick Davidson." Ihre Nase rümpfte sich und ihre Mundwinkel wanderten nach unten. Ich hatte den Eindruck, dass Joan Lewis die Wahl der Freunde ihrer Tochter nicht gefallen hatte.

„Wie kommen Sie darauf?"

„Sie hat mir gestern Abend gesagt, dass sie sich mit ihm treffen wollte." Joan zerknüllte das Taschentuch und ballte es in ihrer Faust. „Also? Nehmen Sie den Auftrag an oder nicht?"

„Natürlich werde ich Ihnen dabei helfen, herauszufinden, was mit Ihrer Tochter passiert ist, Mrs Lewis. Lassen Sie uns kurz über mein Honorar sprechen, dann können Sie entscheiden, ob Sie weitermachen wollen."

<h1 style="text-align:center">KAPITEL 4</h1>

Nachdem ich Joan hinausbegleitet hatte, steckte ich den Scheck, den sie ausgestellt hatte, in meine Handtasche und eilte nach oben, um mich umzuziehen. Es war mir schon ein wenig peinlich, mit nackten Füßen, zerrissenen Jeans und einem leicht feuchten T-Shirt ein Geschäftstreffen gehabt zu haben. Und da ich nun Verdächtige befragen wollte, war ein Kleiderwechsel angebracht.

„Thor." Ich zeigte auf den pelzigen grauen Klumpen auf meinem Bett. „Du übergibst dich nicht mehr in meine Schuhe, okay?"

„Ich war das nicht", log er unverhohlen.

„Ich war das nicht!", erklärte Bandit. Bandit war Thor hundertzehn Prozent treu ergeben. Wenn er sie bitten würde, für ihn in die Bresche zu springen, würde sie es tun. In der Zwischenzeit ahmte sie so ziemlich alles nach, was er tat. Gehörte dazu auch das Beschmutzen von Schuhen?

Ich hielt mir zwei Finger vor die Augen und drehte dann die Hand, um auf die beiden zu zeigen. „Das gilt für euch beide. Ihr müsst euch übergeben? Dann geht nach draußen."

„Vielleicht ist nicht immer Zeit, nach draußen zu laufen", schniefte Thor.

„Wenn es so schlimm ist, dann brauchst du vielleicht ärztliche Hilfe", sagte ich und durchstöberte die Kleiderbügel im begehbaren Kleiderschrank. „Sollen wir zum Tierarzt fahren?"

Es herrschte einen Moment lang Schweigen, dann sagte Thor: „Alles gut!" und ich musste mir ein Lachen verkneifen.

Ich sprang in eine schwarze, nicht zerrissene Levi's, nahm ein sauberes T-Shirt und schnappte mir meine rosa Jeansjacke, bevor ich mit den Füßen in passende rosa Chucks schlüpfte und mich dafür verfluchte, dass ich nicht daran gedacht hatte, zuerst nach Katzenkotze zu suchen. Glück gehabt. Sie waren sauber. Ich stellte nacheinander die Füße auf da Waschbecken im Badezimmer, um die Schnürsenkel zu binden, dann fuhr ich mir mit den

Fingern durch das Haar, tuschte die Wimpern und trug etwas Lipgloss auf. Früher, als ich noch bei der Zeitarbeitsfirma gearbeitet hatte, hatte ich mich jeden Tag komplett geschminkt und gefühlt Stunden damit verbracht, mein gewelltes Haar zu bändigen. Selbstständig zu arbeiten hatte durchaus seine Vorteile, und ein legeres Auftreten war einer davon.

„Ich muss jetzt los. Ihr zwei bleibt bitte hier und belästigt nicht den neuen Nachbarn. Ich habe ihn bereits gewarnt, euch nicht zu füttern."

Thor setzte sich auf und drehte sich in eisernem Schweigen um. Ich gab ihm trotz seiner Ablehnung einen Klaps und kraulte Bandit hinter den Ohren. „Seid schön brav", bat ich sie.

„Das werden wir, Mom."

Joan Lewis hatte mir erzählt, dass Nick studierte und in der Mittagspause in einem Fast-Food-Restaurant jobbte. Da es fast Mittag war, ging ich davon aus, dass er bei der Arbeit sein würde. Und ich hatte recht. Während ich in der Schlange vor dem Burgerladen wartete, taxierte ich den jungen Mann. Er war groß und schlank, mit langen Gliedmaßen und spitzen Knochen. Das Haar hatte er zu einem

Pferdeschwanz zurückgebunden. Er hatte dunkle Haut und so dunkle Augen, dass sie schwarz aussahen. Ich fragte mich, ob Joan Lewis Nick Davidson wegen seiner Hautfarbe nicht mochte.

„Hi." Er begrüßte mich mit einem aufgesetzten Lächeln. „Was kann ich für Sie tun?"

„Hey, Nick, ich bin Privatdetektivin und muss Ihnen ein paar Fragen stellen."

Er blinzelte ein paar Mal und wusste nicht, was er sagen sollte. „Worum geht es?", fragte er schließlich.

„Es geht um Molly."

Er runzelte die Stirn. „Was ist mit ihr?"

Oh, Mist, er wusste es nicht! Niemand hatte ihm gesagt, dass seine Freundin tot war.

„Können Sie eine Pause machen? Wir müssen uns unter vier Augen unterhalten."

Nick sah sich um und wusste nicht, was er tun sollte. Sein Manager kam aus der hinteren Küche gestürmt. „Was ist hier los? Wollen Sie sich beschweren?" Er durchbohrte mich mit einem strengen Blick.

„Nein, keine Beschwerden", sagte ich. „Aber ich muss mit Nick sprechen. Privat. Es ist wichtig."

„Er hat erst in einer halben Stunde Pause."

„Ich wiederhole: Es ist wichtig. Vielleicht sollten

Sie sogar jemanden rufen, der den Rest seiner Schicht übernimmt."

„Warum? Was ist passiert?", fragte Nick. „Oh mein Gott, es geht um Grandma, nicht wahr? Sie ist gestorben." Tränen stiegen ihm in die Augen und ich griff über den Tresen, um seine Hand zu berühren.

„Ihrer Großmutter geht es gut, Nick", sagte ich leise. Ich drehte mich zu dem Manager um. „Er macht *jetzt* Pause."

Der Manager warf die Arme in die Luft. „Von mir aus." Er klang zwar sehr verärgert, hatte aber trotzdem nachgegeben.

Wir setzten uns in eine Ecke. „Sie sagten, es ginge um Molly. Was ist mit ihr?", fragte Nick, während er auf die Bank rutschte und mir gegenüber Platz nahm.

„Molly ist letzte Nacht bei einem Autounfall gestorben."

„Was?", flüsterte er und blinzelte schnell.

„Es tut mir sehr leid." Ich griff über den Tisch und berührte erneut seine Hand, um mein Mitgefühl zu bekunden.

„Was …" Er schluckte. „Was ist passiert?"

„Das wissen wir noch nicht genau, aber offenbar war sie mit hoher Geschwindigkeit unterwegs, kam aus einer Kurve und prallte gegen einen Baum."

Wir saßen schweigend da, während ich Nick Zeit gab, die Neuigkeiten zu verdauen. „Ich kann das nicht glauben", flüsterte er. „Ich habe sie erst gestern gesehen."

„Ihre Mutter hat mich engagiert, damit ich herausfinde, was passiert ist." Ich schob meine Visitenkarte über den Tisch.

„Ermittelt denn die Polizei nicht?"

Ich nickte. „Doch. Und ich bin mir sicher, dass sie bald mit Ihnen reden wird. Und sie wird Ihnen wahrscheinlich die gleichen Fragen stellen wie ich."

„Welche Fragen? Das war doch ein Unfall, oder nicht? Sie sagten, ein Autounfall."

„Mollys Mutter glaubt nicht, dass es ein Unfall war. Erste Untersuchungen haben ergeben, dass Molly nach dem Aufprall möglicherweise bewegt wurde. Was bedeutet, dass jemand bei ihr war."

„Wer?"

„Sagen Sie es mir. Wo waren Sie gestern Abend, Nick?"

Er blinzelte ein paar Mal, als wäre er schockiert, dass ich ihn so etwas fragte. „Ich war in der Stadt. Ich habe meine Grandma besucht. Es geht ihr nicht gut."

„Deshalb haben Sie eben gedacht, sie sei gestorben?"

Er ließ den Kopf hängen. „Ja.“

„Sie waren also nicht mit Molly zusammen?“

Er schüttelte den Kopf. „Nein. Das letzte Mal habe ich sie hier gesehen, gestern.“ Er sah sich in dem Fast-Food-Restaurant um. „Sie kam in ihrer Mittagspause vorbei.“

„Sie haben gearbeitet?“

„Ja. Ich übernehme meistens die Mittagsschicht. Apropos, ich sollte jetzt besser wieder an die Arbeit gehen. Gleich wird es hier sehr voll sein und ich sollte eigentlich keine Pause machen.“

Meine Augenbrauen schossen vor Überraschung in die Höhe. Er wollte weiterarbeiten, nachdem er erfahren hatte, dass seine Freundin gestorben war? Ich sah ihn an und mein Misstrauen wuchs. Vielleicht hatte Joan mit ihrem Verdacht ja recht. „Wenn Sie meinen.“ Ich zeigte in Richtung Tresen. „Aber falls Ihnen etwas einfällt oder Sie etwas hören, rufen Sie mich bitte an.“

Er nahm meine Visitenkarte und steckte sie in seine Tasche. „Ja, das werde ich.“ Er ging einige Schritte, drehte sich dann auf dem Absatz um und kam zurück. „Danke“, sagte er leise. „Dass Sie mir das von Molly gesagt haben. Ich habe sie geliebt. Ich werde sie sehr vermissen.“ Seine Augen waren wieder glasig und er fuhr sich mit dem Handrücken darüber.

„Mein herzliches Beileid." Es klang so banal, aber ich meinte es ernst. Ich wusste, wie es war, jemanden zu verlieren, der einem viel bedeutet hatte, und ich wünschte das niemandem. In der Ferne erklangen die Engelrufe, die das Herannahen meiner Hausgeister ankündigten. Mit etwas Glück könnte ich ihnen einen Schritt voraus sein.

Ich eilte zu meinem Auto und blieb einen Moment hinter dem Steuer sitzen, um meinen nächsten Schritt zu überdenken. Nick hatte von der Nachricht von Mollys Tod wirklich überrascht und bestürzt gewirkt, und als ich ihn gerade von meiner Liste der Verdächtigen hatte streichen wollen, hatte er beschlossen, weiterzuarbeiten. Das kam mir sehr merkwürdig vor. Mollys Mutter hatte mit dem Finger auf ihn gezeigt, und obwohl ich nicht glaubte, dass er Molly umgebracht hatte, stimmte da etwas nicht. Und ich war fest entschlossen, dieser Sache auf den Grund zu gehen.

Die zwölf Geister tauchten am Ende des Blocks auf und bewegten sich langsam den Bürgersteig entlang auf mich zu. Zeit, sich auf den Weg zu machen. Nächster Halt: das Pflegeheim in Firefly

Bay. Vielleicht wussten Mollys Kollegen, mit wem sie gestern Abend zusammen gewesen war.

___

„Hey, Mr Delaney, wie geht es Ihnen heute?" Ich saß Bens Vater gegenüber und nahm einen Schluck von dem Tee, den einer der Pfleger gebracht hatte. Ich war keine große Teetrinkerin, aber ich bekam ihn herunter, wenn die Situation es erforderte.

Bill litt an Demenz, was bedeutete, dass sein Kurzzeitgedächtnis verschwunden war. Und seinem Langzeitgedächtnis ging es auch nicht viel besser. Meistens dachte er, er wäre sechzehn Jahre alt.

„Wie war noch mal Ihr Name?", fragte er und sah mich mit gerunzelter Stirn an, während er sich zu erinnern versuchte.

„Audrey, Audrey Fitzgerald. Ich bin eine Freundin Ihres Sohnes." Nicht, dass er sich daran erinnerte, einen Sohn zu haben. Mir tat das Ganze für Ben und seinen Vater so leid.

„Sind Sie hier, um mit mir in den Zoo zu gehen?", fragte er mit zitternden Händen. Er sah zerbrechlich aus, seine Beine waren unglaublich dünn unter der Häkeldecke, die sie bedeckte. Ich biss mir auf die

Lippe und ärgerte mich über mich selbst, weil ich ihn nur so selten besuchte. Ben legte mir tröstend eine Hand auf die Schulter. Ich ignorierte den eisigen Luftzug bei seiner Berührung.

„Heute nicht", beschwichtigte ich ihn und nahm einen weiteren Schluck Tee. „Ich wollte Sie besuchen."

„Ich mag den Zoo", sagte Mr Delaney, mehr zu sich selbst als zu mir.

„Was ist Ihr Lieblingstier?"

„Oh, der Käfer. Ein Mädchen, das mir sehr gefällt, hat einen."

„Er meint einen VW Käfer. Das Auto, das Mom gefahren hat, als sie sich kennengelernt haben", erklärte Ben. „Er spricht oft von ihr."

„Schön, dass Sie heute Besuch haben, Bill." Eine Krankenschwester mit einem Medikamentenwagen kam näher.

Bill zuckte zusammen und drehte sich von der Frau weg, als sie neben seinem Stuhl stehen blieb.

„Ich habe Sie hier noch nie gesehen", meinte sie zu mir. „Sind Sie eine Verwandte?"

Das war zwar eine harmlose Frage, aber ihr Ton ließ mich aufhorchen.

„Ich bin eine Freundin der Familie und verwalte Bills Angelegenheiten", antwortete ich und musterte sie aufmerksam. Ich schätzte sie auf Ende fünfzig, vielleicht sechzig. Sie hatte diese Ausstrahlung, die verriet, dass sie ihren Job schon lange nicht mehr mochte und nur noch wegen des Gehalts hier war, während sie auf den Tag ihrer Pensionierung wartete. „Und Sie sind?"

„Sharon Mooney. Examinierte Krankenschwester." Ihr Lächeln erreichte ihre Augen nicht und Bill lehnte sich so weit von ihr weg, dass er Gefahr lief, vom Stuhl zu kippen. Sharon richtete ihre Aufmerksamkeit auf ihn. „Kommen Sie, Bill. Zeit für Ihre Pillen."

„Die will ich nicht!", rief Bill. Sein lauter Widerstand erschreckte mich und ich verschüttete meinen Tee. Ich schnappte mir eine Serviette und tupfte den Fleck ab, wobei ich die Stirn runzelte, als ein dunkler Fleck auf meiner Jeans erschien. Wenigstens würde er sich auswaschen lassen.

„Ich weiß, dass Sie sie nicht mögen", seufzte Sharon. „Aber Sie brauchen sie, damit es Ihnen gut geht."

Ich schaute zu Ben, der das Geschehen mit vor der Brust verschränkten Armen beobachtete. Als er meinen Blick bemerkte, meinte er: „Das ist ganz normal. Das ist eine Folge seiner Verwirrung.

Solange sie ruhig bleibt und ihn nicht zwingt, wird er seine Medikamente nehmen.“

„Okay“, murmelte ich leise vor mich hin und tat so, als würde ich an meiner teebefleckten Jeans herumfummeln, anstatt Sharon dabei zuzusehen, wie sie Bill überredete, die Tabletten zu nehmen. Tatsächlich gelang ihr das innerhalb weniger Minuten und ich konnte meine Überraschung nicht verbergen.

„Ich arbeite seit fünfunddreißig Jahren als Krankenschwester“, meinte Sharon. „Ich weiß ein oder zwei Dinge über meine Patienten.“

„Das kann ich sehen.“ Ich sah mich gezwungen, meine Meinung über sie zu revidieren. Vielleicht war sie doch nicht so gefühllos, wie ich gedacht hatte. Müde, ja. Aber gleichgültig, nein. Ich hatte gesehen, wie sanft und beruhigend sie mit Bill umgegangen war, und trotz seiner anfänglichen Reaktion hatte er sich schnell entspannt und getan, was sie wollte.

„Eigentlich“, stand ich auf, als Sharon gerade weitergehen wollte, „habe ich mich gefragt, ob ich kurz mit Ihnen sprechen könnte?“

„Oh? Machen Sie sich Sorgen um Bill?“

Ich schüttelte den Kopf. „Nein. Ich habe gesehen, wie gut Sie sich um ihn kümmern. Es geht um eine

Ihrer Kolleginnen. Am besten besprechen wir das unter vier Augen." Ich schaute kurz zu Bill, der uns aber keine Aufmerksamkeit schenkte. Sein Blick ging zum Fenster und zum Garten hinaus.

Sharon musterte mich und ich konnte ihre Miene nicht deuten, bevor sie knapp nickte. „Lassen Sie mich meine Runde beenden, dann können wir reden. Wir treffen uns in meinem Büro in, sagen wir …" Sie schaute auf ihre Uhr. „in zwanzig Minuten."

„Natürlich. Danke." Ich setzte mich wieder hin und lächelte Bill an. „Also, Bill, als ich das letzte Mal hier war, haben Sie mir erzählt, dass Sie Mechaniker werden wollen. Ist das immer noch der Fall?"

Bills Gesicht erhellte sich. Seine Augen funkelten und er strahlte mich an. „Ja, Ma'am, das will ich. Ich liebe Autos. Meine Freundin Beryl fährt einen VW-Käfer und sie lässt mich am Motor herumschrauben, um zu üben, wissen Sie?"

Die nächsten zwanzig Minuten sprachen wir über Beryl Sanderson, Bens Mutter. Es rührte mich, wie sehr er sie immer noch liebte, obwohl es ebenso traurig war, dass er sich nicht daran erinnerte, dass er sie geheiratet hatte, dass sie ein Kind – Ben – bekommen hatten und dass sie vor ein paar Jahren an Krebs gestorben war.

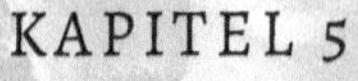

# KAPITEL 5

Sharons Büro wurde von einem Schreibtisch mit zwei Computern dominiert, die Rücken an Rücken standen, mit einem Stuhl auf jeder Seite des Schreibtischs. Offenbar handelte es sich um ein Gemeinschaftsbüro.

„Setzten Sie sich", bat sie und nahm auf einer Seite des Schreibtischs Platz, während sie in Richtung des zweiten Stuhls nickte. Ich folgte ihrer Aufforderung und rutschte ein wenig zur Seite, damit ich sie um den Monitor herum sehen konnte.

„Wie kann ich Ihnen helfen?", fragte sie.

„Ich hatte gehofft, mit Ihnen über Molly Lewis sprechen zu können."

Sharon unterbrach mich, bevor ich weiterreden

konnte. „Hören Sie, ich habe nicht viel Zeit." Sie schaute auf ihre Uhr und runzelte die Stirn. „Molly ist heute Morgen nicht zu ihrer Schicht erschienen, also sind wir unterbesetzt. Sie sollte eine wirklich gute Ausrede haben. Mehr kann ich nicht sagen. Worum genau geht es eigentlich?"

*Hätte sie mich ausreden lassen, hätte ich es ihr schon gesagt!* Zähneknirschend fuhr ich fort: „Es tut mir leid, Ihnen sagen zu müssen, dass Molly heute Morgen nicht zu ihrer Schicht erschienen ist, weil sie letzte Nacht gestorben ist."

Sharon schnappte nach Luft und fuhr sich mit der Hand an die Kehle, während ihr Körper in ihrem Stuhl zurück sackte. „Sie ist tot?", quiekte sie.

Ich nickte. „Mein Beileid. Standen Sie sich nahe?"

Sharons Mund öffnete und schloss sich wieder, ohne dass ein Ton herauskam. Sie kniff sich in den Nasenrücken und senkte das Kinn zur Brust. Ich wartete, während sie versuchte, sich zusammenzureißen.

„Wie?", krächzte sie, ohne aufzusehen.

„Ein Autounfall."

„Okay." Sie nickte, als würde das alles einen Sinn ergeben. Was natürlich nicht der Fall war, und deshalb war ich hier. Sharon verstand das sehr schnell.

„Sie gehen von Fremdverschulden aus?“ Sie hob den Kopf und sah mich aus trüben Augen an.

„Wie kommen Sie darauf?“

Sie schnaubte. „Ich weiß, dass Sie Privatdetektivin sind. Sie fragen mich nach Molly. Jemand hat Sie engagiert. Jemand hat einen Verdacht.“

Ich schüttelte den Kopf. „Nicht unbedingt. Ich wurde von ihrer Mutter beauftragt, herauszufinden, was passiert ist. Ich bin nur hier, um meinen Job zu machen.“

„Ist das nicht die Aufgabe der Polizei? Herauszufinden, was passiert ist?“

„Und ich bin mir sicher, dass sie bald hier auftauchen und die gleichen Fragen wie ich stellen wird. Ich versuche nur herauszufinden, wo Molly hingegangen ist, wen sie zuletzt gesehen hat und so weiter.“

Sharon setzte sich aufrecht hin und ließ die Schultern hängen, dann wandte sie sich ihrem Computer zu und tippte langsam mit zwei Fingern, wobei die Tasten klackerten. „Ich rufe kurz ihren Dienstplan auf.“

„Haben Sie nicht gesagt, dass sie heute Morgen eingeplant war?“

Ihre Wangen färbten sich rosa und sie räusperte

sich. „Ja. Das stimmt, das habe ich. Tut mir leid … die Nachricht … hat mich nur ein wenig aufgewühlt, das ist alles."

Ich griff über den Schreibtisch und tätschelte ihren Arm. „Natürlich. Es tut mir leid. Ich weiß, das muss ein schrecklicher Schock für Sie sein. Waren Molly und Sie mehr als Kolleginnen?"

„Nicht wirklich." Sharon hackte weiter auf der Tastatur herum. „Verstehen Sie mich nicht falsch, wir waren *Arbeitsfreundinnen*. Aber wir haben uns nicht privat getroffen. So etwas überlasse ich den jüngeren Leuten. Wahrscheinlich sollten Sie mit Angela Brady sprechen. Molly und sie waren wie Pech und Schwefel, obwohl ich glaube, dass sie sich vor Kurzem gestritten haben. Ich habe sie in letzter Zeit nicht mehr zusammen im Pausenraum gesehen."

„Arbeitet Angela auch hier?" Ich zückte mein Handy, um mir ihren Namen zu notieren.

Sharon nickte. „Sie ist eine Pflegekraft, wie Molly." Schließlich fand sie auf dem Computer, was sie suchte, und drückte auf den Druckbefehl. Der riesige Drucker hinter ihr erwachte zum Leben und spuckte eine Kopie von Mollys Dienstplan aus. Sharon holte ihn aus dem Gerät und reichte ihn mir. „Bitte sehr. Das ist alles, was ich Ihnen über ihre

Arbeitszeiten sagen kann. Sie hatte diese Woche Dienst."

„Okay. Gut." Ich stand auf, das Blatt in der Hand. „Vielen Dank für Ihre Zeit. Falls Ihnen noch irgendetwas einfällt, rufen Sie mich bitte an." Ich legte eine Visitenkarte auf den Schreibtisch und war schon halb aus der Tür, als sie mir nachrief:

„Da war eine Sache …"

„Ja?" Ich schaute zurück.

„Molly hat mir anvertraut, dass sie sich von ihrem Freund trennen will", sagte Sharon.

Meine Augenbrauen schossen in die Höhe. „Von Nick?"

Sharon hob eine Schulter. „Ich weiß nicht, wie er heißt. Sie war nicht bei der Sache und ich habe mit ihr geschimpft, weil sie sich nicht auf die Arbeit konzentrieren konnte. Sie hat sich entschuldigt und gemeint, dass sie sich Sorgen mache, weil sie mit ihrem Freund Schluss machen wolle und befürchte, dass er es schlecht aufnehmen würde."

„Hat sie einen Grund für die Trennung genannt?"

„Sie meinte, er sei zu kontrollierend." Sharon wandte ihre Aufmerksamkeit wieder dem Computer zu.

Ich bedankte mich noch einmal, bevor ich mich zum Gehen wandte, stolperte aber über meine eigenen Füße und prallte hörbar mit dem Kopf gegen den Türrahmen.

„Aua." Ich fluchte vor mich hin und hielt eine Hand auf die Beule, die sich bereits auf meiner Stirn bildete. Sharon hatte sich schon halb aus ihrem Sitz erhoben, als ich eine Hand hob, um sie aufzuhalten.

„Geht es Ihnen gut?", fragte sie.

„Alles in Ordnung. Schon okay." Dass ich über meine eigenen Füße stolperte und mit dem Kopf gegen harte Gegenstände schlug, war für mich nichts Neues. Ich war der ungeschickteste Mensch, den ich kannte.

Ich ging mit Ben an meiner Seite hinaus, der mich die ganze Zeit anstarrte.

„Das muss weh getan haben, Fitz", sagte er. „Sieh mal! Du hast da schon einen blauen Fleck!" Er stupste mich an der Stirn an und der eisige Schlag versetzte meiner ohnehin schon traumatisierten Stirn einen Schock.

Ich winkte genervt ab. „Hör auf damit!", zischte ich. „Es tut weh. Das Letzte, was ich jetzt gebrauchen kann, ist, dass du deinen gefrorenen Finger in mein Gehirn steckst."

„Okay. Sorry." Er passte sich meinem Schritt an, als wir das Haus verließen und zu meinem Auto gingen. „Fällt dir etwas auf?", fragte er.

Ich schaute mich um. „Nein? Sollte es das?"

„Wir sind zwölf Geister weniger. Du warst eine ganze Weile hier. Sie hätten also genug Zeit gehabt, um dich einzuholen. Aber sie sind nicht hier."

Ich schlug die Hände vor die Brust und konnte mir einen Freudentanz kaum verkneifen. „Sie sind weg? Sie sind weg! Oh wie schön, endlich etwas Ruhe."

„Sie haben doch gar keinen Krach gemacht", brummte Ben, und ich fragte mich, ob er sie vermissen würde. Keine Ahnung warum. Schließlich hatten sie auch nicht mit ihm gesprochen.

„Bis sie anfingen, ständig Engel zu rufen. Das war einfach unheimlich. Aber egal. Jetzt sind sie weg und ich kann mich darauf konzentrieren, herauszufinden, was mit Molly passiert ist."

Ben saß bereits auf dem Beifahrersitz, als ich hinter das Lenkrad glitt. „Was ist dein nächster Schritt?", fragte er.

„Willst du mich abfragen?", wollte ich wissen und steckte den Schlüssel in das Zündschloss.

„Wow, immer mit der Ruhe", meinte Ben lachend. „Ich wollte nur wissen, was du als Nächstes vorhast. Nur aus Interesse."

„Okay. Sorry." Ich legte den Rückwärtsgang ein, fuhr aus der Parklücke heraus und ließ das

Pflegeheim hinter mir. „Ich fahre ins Büro zurück, um diese Namen zu überprüfen. Mal sehen, was dabei herauskommt. Dann rufe ich Galloway an, ob wir schon eine Todesursache haben."

„Du bist also nicht davon überzeugt, dass es ein Unfall war?"

Ich rümpfte die Nase und trommelte auf das Lenkrad. „Normalerweise werde ich vom Geist des Opfers geleitet, aber da Molly gegangen ist, bin ich in diesem Fall im Blindflug unterwegs. Aber laut Galloway wurde ihre Leiche bewegt. Er hat Schleifspuren von der Beifahrerseite des Wagens zur Fahrerseite entdeckt. Was bedeutet, dass jemand mit ihr im Auto war. Das jemand anderes gefahren ist."

„Sie saß nicht hinter dem Steuer, als sie gefunden wurde?"

Ich schüttelte den Kopf. „Nein. Sie lag draußen auf dem Boden."

„Was glaubst du, was passiert ist?"

„Das ist es ja. Ich habe keine Ahnung. Wenn Galloway nicht die Schleifspuren erwähnt hätte, würde ich sagen, dass Molly gefahren ist und nach dem Unfall versucht hat, aus dem Auto auszusteigen."

„Nur dass die Schleifspuren etwas anderes sagen."

„Genau. Aber ich habe sie nicht wirklich gesehen. Wenn es Schleifspuren gab, waren sie überdeckt. Also muss ich auf Galloways Urteil vertrauen."

Und da er schon viel länger Detective war als ich Privatdetektivin, musste ich davon ausgehen, dass Molly nach dem Unfall tatsächlich bewegt worden war. Die große Frage war, von wem?

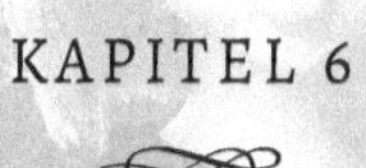

KAPITEL 6

**M**olly hatte in den sozialen Medien Hunderte Fotos von ihr und Nick gepostet. Ich durchsuchte die Kommentare nach rassistischen Äußerungen, potenziellen Drohungen oder Anzeichen dafür, dass in ihrer Beziehung etwas nicht in Ordnung war, fand aber keine. Auf mehreren Fotos war sie mit einer anderen Frau zu sehen, die als Angela Brady, also Mollys Arbeitskollegin und Freundin, gekennzeichnet war.

„Engel." Die zwölf Geister, von denen ich dachte, sie seien weg, drängten sich hinter mir in meinem Büro. Sie sangen weiter, wenn auch nicht mehr so deutlich. Ich hatte es halbwegs erfolgreich geschafft, sie auszublenden.

„Du wirst immer besser darin, sie abzublocken",

meinte Ben neben mir, wo er halb im Schreibtisch und halb oberhalb der Tischplatte schwebte.

„Ja. Genauso wie ich gut darin geworden bin, dich zu ignorieren, wenn du zwischen festen Gegenständen hängst."

„Tut mir leid." Er bewegte sich vom Schreibtisch weg, stellte sich hinter mich und schaute über meine Schulter auf den Bildschirm. „Irgendetwas gefunden?"

Ich atmete hörbar aus. „Nein. Mir springt nichts ins Auge. Molly und Nick sehen sehr glücklich aus, aber so präsentiert man sich in den sozialen Medien ja auch, nicht wahr? Jeder zeigt sich von der besten Seite, selbst wenn sein Leben in Wirklichkeit ganz anders aussieht."

„Das stimmt. Ist das die Freundin?" Er tippte auf ein Foto von Molly, Nick und Angela in einem Park. Molly und Nick lächelten in die Kamera, während Angela Nick ansah.

„Ja, das ist sie." Ich lehnte mich in meinem Stuhl zurück und kniff mir in den Nasenrücken, um die drohenden Kopfschmerzen zu vertreiben. In Anbetracht der Tatsache, dass ich mir vorhin in Sharons Büro eine Kopfnuss verpasst hatte, kamen sie nicht wirklich überraschend.

„Ich hole mir noch einen Kaffee. Und eine

Schmerztablette." Ich stand auf, ging um Ben herum und in die Küche, während er sich über den Schreibtisch beugte und auf den Bildschirm starrte, wobei er so nah heranging, dass sein Gesicht halb drin und halb draußen war. Doch dann steuerte Ben die Elektronikgeräte durch seine geisterhafte Berührung.

Ich holte mir ein Glas Wasser und suchte gerade in der Schublade nach den Tabletten, als Bandit und Thor hereinstürmten und den Flur hinunter donnerten, wobei Schreie wie „Er ist hier, er ist hier" nachhallten. Ich warf einen Blick auf die große Uhr an der Wand über dem Sofa. Sieben Uhr. Die Uhr stand seit Wochen, vielleicht auch seinen Monaten, auf sieben Uhr, weil ich immer wieder vergaß, Batterien dafür zu besorgen. Genauso wie ich immer wieder vergaß, meine Smartwatch aufzuladen. Aber wer brauchte schon eine Uhr, wenn Bandit und Thor in der Nähe waren? Sie kannten Galloways Routine in- und auswendig. Ich schätzte, dass es zwischen siebzehn Uhr dreißig und achtzehn Uhr sein musste, denn um diese Zeit beendete Galloway normalerweise seinen Dienst.

Tatsächlich öffnete sich die Haustür und ich hörte ihn sagen: „Hallo ihr zwei, hattet ihr einen schönen Tag?" Ich lächelte vor mich hin, während sie ihn über die neuesten Ereignisse und den neuen Nachbarn aufklärten und Bandit ihm erzählte, dass Thor in meinen Schuh gekübelt hatte. Natürlich konnte Galloway kein Wort davon verstehen.

„Schatz! Was ist passiert?" Er hatte es bis in den offenen Wohnbereich auf der Rückseite des Hauses geschafft, während seine Entourage um seine Knöchel tanzte, als er mich am Küchentresen sah. Genauer gesagt, er sah den blauen Fleck auf meiner Stirn, der wie ein Leuchtfeuer auffiel. Die Schwellung war zum Glück zurückgegangen, nur ein hässlicher, dunkler Bluterguss hatte sich gebildet.

Ich grinste. „Das Übliche. Mir geht es gut."

Er kam mit großen Schritten auf mich zu, schlang die Arme um mich und küsste mich. Und ich meine wirklich küssen. Filmreif! Wie er mein Gesicht in seine Hände nahm, wie er mich an sich zog, wie er seine Liebe zu mir ausdrückte, als sich unsere Lippen trafen … Kade Galloway wusste, wie man küsste!

Schließlich zog er sich langsam zurück und ließ die Hände locker an meinem unteren Rücken hängen. „Das habe ich gebraucht", flüsterte er.

„Schlechter Tag?" Ich schlang die Arme um seine

Taille und drückte mich an ihn. „Wie geht es mit Mollys Fall voran?“

Er ließ mich los und taxierte mein Gesicht. „Das könnte ich dich auch fragen.“

„Du weißt es?“ Ich fragte mich, wer es ihm gesagt hatte.

„Joan Lewis meinte, sie habe dich engagiert.“

Aha. Rätsel gelöst.

„Sie ist eine trauernde Mutter.“ Ich tätschelte seinen Arm in einer tröstenden Geste. „Sie war ziemlich wütend, als sie hier war, und meinte, die Polizei habe ihr gesagt, Molly sei betrunken Auto gefahren. Stimmt das?“

Galloway richtete seine Aufmerksamkeit auf die Kaffeemaschine. „Wir warten noch auf die Ergebnisse der Toxikologie und der vorläufigen Autopsie“, lautete seine unverbindliche Antwort.

„Gehst du immer noch von Fremdverschulden aus? Wegen den Schleifspuren?“, hakte ich nach.

Er drehte sich um und lehnte sich mit verschränkten Armen und gerunzelter Stirn gegen den Tresen neben der Kaffeemaschine. „Mollys Auto war abgewischt worden.“

„Abgewischt? Was soll das heißen?“

„Dass es keine Fingerabdrücke gibt“, antworteten Ben und Galloway unisono.

„Ben ist hier", erklärte ich Galloway und zeigte abwesend in Richtung Ben, der inzwischen in der Mitte des Küchentresens stand.

„Mollys Geist ist nicht aufgetaucht, nehme ich an?", fragte Galloway und fügte dann hinzu: „Hi, Ben."

„Keine Spur von Molly", bestätigte ich.

„Wenn das Auto frei von Fingerabdrücken ist, dann war definitiv jemand anderes im Fahrzeug", sagte Ben.

„Wenn zum Zeitpunkt des Unfalls noch jemand im Fahrzeug war …", überlegte ich laut.

„Nicht nur im Fahrzeug, sondern hinter dem Steuer. Jemand anderes ist gefahren", unterbrach Galloway mich.

„Okay. Nehmen wir an, du hast recht und jemand anderes ist gefahren."

„Ich habe recht", beharrte Galloway.

„Okay, gut. Du hast recht. Was ich damit sagen will, ist: Wenn jemand anderes gefahren wäre, wäre er dann nicht verletzt worden?"

Ben schnippte leise mit den Fingern und zeigte auf mich. „Gutes Argument, Fitz! Wurden die Airbags ausgelöst?"

„Ja." Dann runzelte ich die Stirn. „Aber selbst wenn die Airbags ausgelöst wurden, muss die Person doch verletzt worden sein, oder? Einen solchen Unfall übersteht man nicht unbeschadet. Verursacht ein Airbag keine Prellungen? Ein Schleudertrauma? Irgendetwas?"

Galloway nickte. „Und er oder sie hat den Tatort verlassen. Wie? Zu Fuß? Oder war noch jemand beteiligt? Wurde die Person von jemandem abgeholt?"

Ich würde mich später im Krankenhaus nach Patienten mit Gesichtsverletzungen erkundigen, die durch die Auslösung eines Airbags verursacht worden sein könnten.

Ein Klopfen an der Hintertür, gefolgt von einem „Hey, Audrey, hi!", ließ uns umdrehen und meinen neuen Nachbarn auf der Terrasse stehen sehen, den geliehenen Kaffeebecher in der Hand.

Grinsend beeilte ich mich, ihn hereinzulassen.

„Perfektes Timing", sagte ich, schob die Tür auf und gab Seb ein Zeichen, hereinzukommen. „Seb, das ist mein Freund, Kade Galloway. Kade, das ist mein neuer Nachbar, Seb Castle. Seb ist Grundschullehrer."

Sebs weiße Zähne blitzten auf, als er vortrat, eine Hand bereit, um Galloway zu begrüßen, während er mir mit der anderen den Becher in die Hand drückte. „Freut mich, dich kennenzulernen." Seb schüttelte begeistert Galloways Hand. An mich gewandt fügte er hinzu: „Danke für den Kaffee und ich hoffe, ich bin nicht zu aufdringlich, aber könnte ich noch einen haben?"

„Hast du deine Kaffeemaschine immer noch nicht gefunden?" Ich konnte sein Verlangen gut nachempfinden.

„Sie muss doch in einer der Kisten sein. Allerdings habe ich die mit der Aufschrift *Küche* geöffnet, aber da war sie nicht drin."

„Warum isst du heute Abend nicht mit uns?", lud ich ihn ein. „Wir haben heute Abend nichts Besonderes geplant, stimmt's, Schatz?"

Galloway nahm mir den leeren Becher ab und ging zur Kaffeemaschine zurück. „Aber du bist herzlich eingeladen. Je mehr, desto lustiger."

„Ich wusste sofort, dass wir gute Freunde werden." Seb strahlte mich an. „Danke. Sehr gerne."

„Setz dich." Ich hüpfte auf einen Hocker am Küchentresen und klopfte auf den Hocker neben mir. Seb setzte sich.

„Kocht ihr oder bestellen wir etwas? Falls letzteres der Fall ist, steuere ich gerne etwas bei. Nein, ich lade euch sogar ein."

„Oh, ich koche nicht so oft. Die Küche ist eher Galloways Domäne als meine."

Seb grinste. „Gut zu wissen. Ihr beide wohnt also zusammen?“

Ich schüttelte den Kopf. „Nein, hier wohnen nur Thor, Bandit und ich. Galloway hat eine eigene Wohnung.“

„Für den Moment“, fügte Galloway hinzu. Der Kaffee war fertig. Er drehte sich mit zwei Bechern in den Händen um und stellte sie vor Seb und mich. Ich warf ihm einen überraschten Blick zu. Wir hatten noch nie darüber gesprochen, zusammenzuziehen. Hatte Galloway Pläne, von denen ich nichts wusste? Nicht, dass ich mich beschwert hätte, aber seit Bens Tod war ich so beschäftigt, dass ich nie wirklich über die nächsten Schritte hinaus dachte. Also die nächsten logischen Schritte. Sie wissen schon: zusammenziehen, sich verloben, heiraten, Kinder bekommen.

Ein kalter Schauer lief mir über den Rücken, der nichts mit Geistern zu tun hatte. Dass ich die Geburt meiner Nichte miterlebt hatte, hatte alle Babypläne über den Haufen geworfen. Selbst meine Eierstöcke waren verstummt, was sehr aufschlussreich war. Ich hatte immer gedacht, dass ich eines Tages Kinder haben würde, aber jetzt? Jetzt war ich mir nicht mehr so sicher. Galloway hatte zwar beteuert, dass alles in Ordnung sei und dass es ihm nichts ausmache, wenn ich keine Kinder wolle, aber als ich ihn jetzt ansah, kamen mir Zweifel. War er bereit, sesshaft zu werden und eine Familie zu gründen? Ich schluckte. War ich bereit?

„Audrey hat mir erzählt, dass du ein Bulle bist." Sebs Stimme unterbrach meine Gedanken.

Galloway legte den Kopf schief. „Detective."

„Ich würde gerne etwas vorbereiten und dich einladen, mit den Kindern über deine Arbeit zu sprechen", schwärmte Seb und stützte den Kopf auf die Ellbogen.

„Die Grundschule ist ein bisschen früh für die Berufsplanung, meinst du nicht?" Galloway zog eine Augenbraue hoch und trank einen Schluck.

„Dafür ist es nie zu früh. Und die Polizei kommt – zumindest in der Stadt – regelmäßig in der Schule vorbei, um mit den Kindern zu reden, aber normalerweise handelt es sich dabei nicht um Detectives. Ich glaube, die Kinder wären begeistert."

Galloway zuckte mit den Schultern und meinte unverbindlich: „Mal sehen. Ich habe heute Abend keine Lust zu kochen, also schlage ich Pizza vor."

Er wechselte das Thema. Zum Glück war Pizza eines meiner Lieblingsthemen.

„Lecker. Ich bin dabei." Ich strahlte.

Seb zückte bereits seine Brieftasche. „Ich auch. Und ich zahle."

„Nicht nötig. Ich übernehme das." Galloway hatte bereits sein Telefon gezückt und gab unsere Bestellung ein. „Wir bestellen über die App. Sie ist mit meiner Kreditkarte verbunden."

Seb verzog das Gesicht. „Oh. Okay, von mir aus. Nun, ich schulde dir was." Er drehte sich zu mir um. „Ich weiß noch, wie wir unsere Bestellungen früher telefonisch durchgeben mussten und dann bar bezahlt haben, wenn der Bote kam."

Ich lachte. „Ja, nicht? Ich komme mir steinalt vor, wenn ich das sage, aber ich komme mit all den Apps einfach nicht klar. Es scheint einfach für alles irgendeine zu geben."

„Als Nächstes liefern sie Pizzas mit Drohnen aus."

„Tun sie das nicht schon?", fragte Galloway. „Vielleicht keine Pizzen – noch nicht –, aber einige Unternehmen setzen Drohnen ein, um ihre Kunden zu beliefern."

„Fahrerlose Autos", fügte ich hinzu.

„Ich frage mich, wie Castle damit klarkommen würde", meinte Seb.

Galloway und ich sahen ihn verwirrt an.

„Was meinst du damit?", wollte ich wissen.

„Oh, Entschuldigung!" Seb wurde rot. „Das mache ich manchmal. So wie du mit dir selbst sprichst, ertappe ich mich bei der Frage, was Castle tun würde."

Ich runzelte noch verwirrter die Stirn. „Heißt du nicht Castle? Seb Castle?" Hatte ich seinen Namen falsch verstanden und er war zu höflich gewesen, mich zu korrigieren?

Seb lachte. „Ja, ich bin Seb Castle. Du hast das nicht falsch verstanden." Er las meine Gedanken. „Nein, ich meinte Richard Castle. Der Krimiautor, der zusammen mit …"

„Detective Kate Becket ermittelt!", rief ich und umklammerte seinen Arm. „Ich liebe diese Serie!"

Sebs Augen leuchteten auf. „Wirklich? Ich auch. Es hilft natürlich, dass Richard und ich den gleichen Nachnamen haben."

„Das ist so cool."

„Echt jetzt, Fitz?", stöhnte Ben und schüttelte den Kopf. „Es ist nicht gerade cool, dass Seb denselben Nachnamen wie eine fiktive Fernsehfigur hat."

„Sei still." Ich winkte ihn ab und wandte meine Aufmerksamkeit wieder Seb zu, der mich nun etwas verwirrt ansah.

Ben brach in schallendes Gelächter aus, während ich versuchte, mich zu sammeln. „Entschuldigung.

Nicht du. Ich dachte, Galloway würde irgendetwas Kluges sagen, und ich wollte ihm zuvorkommen", log ich und warf Galloway einen entschuldigenden Blick zu, in der Hoffnung, er würde mitspielen.

Großartig, wie er war, tat er genau das.

„Das macht sie auch oft", erklärte er mit einem nachsichtigen Lächeln und beugte sich dann über die Theke, um mir einen liebevollen Kuss auf die Nasenspitze zu geben. Ich strahlte ihn an. Er war wirklich der beste – und heißeste – Freund auf der ganzen Welt.

Das Abendessen verging wie im Flug: zu viel Pizza, gerade genug Wein, und wir schwelgten in Erinnerungen an unsere Lieblingsfolgen von *Castle*. Wir hatten gerade den Tisch abgeräumt, als Galloways Telefon klingelte.

„Mann, bin ich müde." Seb streckte sich und gähnte herzhaft. Dann trug er sein Weinglas zur Spüle, spülte es aus und ließ es abtropfen. „Ich muss jetzt los. Vielen Dank für das Abendessen. Ich schulde euch was. Das meine ich ernst. Lasst uns was zusammen machen, sobald ich alles ausgepackt habe."

„Komm morgen früh ruhig auf einen Kaffee vorbei", lud ich ihn ein und folgte ihm zur Hintertür.

„Bist du dir sicher?"

„Natürlich. Gute Nacht." Ich winkte ihm zum Abschied nach und schloss die Tür hinter ihm. Galloway hatte nur ein geistesabwesendes „Auf Wiedersehen" gemurmelt, da seine Aufmerksamkeit ausschließlich seinem Telefon galt.

„Was ist los?", fragte ich und legte den Arm um seine Taille.

„Mollys vorläufiger Autopsiebericht ist gerade eingetroffen", meinte er und wackelte mit dem Telefon.

„Oooh!" Ich verrenkte mir den Hals, um einen Blick zu erhaschen. „Was steht denn drin?"

„Sie ist an einem Spannungspneumothorax gestorben."

„Was ist das?"

„Gebrochene Rippen haben ihre Lunge durchbohrt."

„Autsch." Ich strich abwesend mit der Hand über Galloways Rücken.

„Die Blutergüsse am Sicherheitsgurt bestätigen, dass Molly zum Zeitpunkt des Aufpralls auf dem Beifahrersitz gesessen hat."

„Du hattest recht. Sie *wurde* bewegt."

„Und der Gerichtsmediziner glaubt, dass derjenige, der sie bewegt hat, die gebrochenen Rippen in ihre Lunge gestoßen hat. Wenn man sie dort gelassen hätte, wo sie war, wäre sie noch am Leben.“

„Also reden wir …“

„Über eine Anklage wegen Totschlag“, sagte er grimmig.

„Und der toxikologische Bericht?“

„Sie hatte zwar Alkohol im Blut, war aber nicht betrunken. Außerdem wurde ein Beruhigungsmittel nachgewiesen.“

„Moment! Willst du damit sagen, dass jemand ein Beruhigungsmittel in ihr Getränk getan, sie auf den Beifahrersitz ihres Autos gesetzt, das Auto zu Schrott gefahren und dann versucht hat, es so aussehen zu lassen, als ob Molly gefahren wäre? Absichtlich. Also kein Totschlag? Sondern Mord.“ Das war keine Frage.

Galloway nickte grimmig, dann zog er mich an sich und drückte mich an seine Brust. Ich kuschelte mich seufzend an ihn, bevor mich ein Gähnen überkam.

„Komm, lass uns ins Bett gehen. Morgen früh sehen wir uns das ausgeschlafen noch einmal genauer an.“

Wahrscheinlich eine gute Idee. Ich war mir nicht sicher, wie scharf ich mit einem Bauch voller Pizza und einem vom Wein verwirrten Kopf denken würde.

Es gab nichts Besseres als das Geräusch einer sich übergebenden Katze, um aus dem Tiefschlaf geholt zu werden.

„Thor!" Ich schoss hoch, warf die Bettdecke weg und wollte aus dem Bett springen, aber leider verfing sich mein Fuß in der Decke und ich schlug auf dem Boden auf.

„Uff." Ich landete mit dem Gesicht auf den Teppich, meine Hüfte schrie vor Schmerz, während ich versuchte, mich wieder auf das Bett zu schieben.

„Audrey?" Galloways Stimme war rau vom Schlaf.

„Alles gut", flüsterte ich. Gott allein wusste, warum ich flüsterte. Es war ja nicht so, dass ich ihn nicht schon aufgeweckt hätte.

„Was machst du da?" Er knipste die Nachttischlampe an und sah mich an, wie ich halb über dem Bett hing.

„Ich habe gehört, wie Thor sich übergeben hat", flüsterte ich. „Ich dachte, ich könnte zu ihm kommen, bevor … egal. Unnötig zu sagen, dass ich mich verheddert habe und jetzt feststecke."

Galloway schüttelte den Kopf, packte mich am Handgelenk und zog mich zurück aufs Bett. „Alles okay? Hast du dir wehgetan?"

Meine Hüfte pochte. „Nein", log ich mit einem falschen Lächeln und hoffte, dass er meine tränenden Augen in dem schummrigen Licht nicht bemerken würde.

„Soll ich nachsehen?", bot er an.

„Nein, schon gut. Schlaf einfach weiter." Ich drehte mich und ließ beide Beine auf den Boden sinken. Ich stand auf und machte übertriebene Schritte, um nicht versehentlich über dünne Luft zu stolpern. Je mehr ich mich bewegte, desto weniger schmerzte meine Hüfte. Als ich die Treppe hinunterkam, war ich schmerzfrei. Irgendwie.

„Thor?", zischte ich und suchte nach meinem übergewichtigen, kübelnden Kater.

„Was?", erwiderte er und kam den Flur entlang gewatschelt.

„Warst du das?"

„War ich was?"

Ich verdrehte die Augen. Er tat absichtlich begriffsstutzig.

„Hast du dich übergeben? Wo? Wehe, du hast wieder in meine Schuhe gekübelt."

„Sie sind einfach der perfekte Ort", protestierte er. „Wäre es dir lieber, ich würde mich auf den Teppich übergeben? Der wäre sicherlich schwieriger zu reinigen."

„Ich würde es vorziehen, gar nichts reinigen zu müssen", brummte ich und folgte ihm in den Wohnbereich. „Kannst du das nicht draußen erledigen? Auf dem Rasen? Was macht dich eigentlich krank, Thor? So langsam mache ich mir Sorgen. Vielleicht müssen wir doch zum Tierarzt."

„Oh, nein." Er schüttelte den Kopf. „Nein, nein, auf keinen Fall. Ich weigere mich."

„Scheint so, als gäbe es eine Pattsituation", brummte ich und entdeckte ein Paar Schuhe, die ich ausgezogen und an der Hintertür zurückgelassen hatte. „Du willst nicht zum Tierarzt gehen und ich will nicht, dass du dich übergibst."

Und tatsächlich, in einem Schuh, genauer gesagt im linken, befand sich Katzenkotze. Ich hob ihn auf, öffnete die Hintertür und warf ihn nach draußen. Ich würde mich am nächsten Morgen darum kümmern. Bandit, die mir die Treppe hinunter gefolgt war, sprang auf das Sofa und beobachtete uns.

„Was weißt du darüber?", fragte ich sie. „Was macht Thor krank?"

„Ich weiß es nicht, Mom", sagte sie feierlich. Da ich wusste, dass Thor die Waschbärin um die Pfote gewickelt hatte, bezweifelte ich, dass sie es mir sagen würde, selbst wenn sie es wüsste. Aber manchmal war Bandit etwas zu naiv und verriet aus Versehen seine Geheimnisse. Ich durchquerte das Zimmer, ging vor ihr in die Hocke und kraulte ihr die Ohren.

„Hab für mich ein Auge auf ihn, okay?", sagte ich leise. „Ich mache mir Sorgen um ihn. Wenn er etwas isst, was er nicht essen sollte, könnte ihn das umbringen." Ihr ganzer Körper versteifte sich und ich strich ihr beruhigend über das Fell. Ich glaubte nicht, dass Thor lebensbedrohlich krank war, aber ich war besorgt. Vielleicht wehrte Thor sich gegen seine Diät, indem er sich selbst krank machte. Zutrauen würde ich es ihm. Aber es könnte nicht schaden, wenn Bandit dachte, dass Thor in Gefahr war und sie meine kleine Spionin wurde.

„Okay", flüsterte sie.

„Gutes Mädchen." Ich gab ihr einen Kuss auf den Kopf und ging wieder nach oben ins Bett.

# KAPITEL 7

„**W**arum liegt dein Schuh auf dem Rasen hinter dem Haus?", fragte Ben am nächsten Morgen.

„Katzenkotze", antwortete ich, während ich verschlafen an der Kaffeemaschine stand.

Er seufzte und schüttelte den Kopf. „Was ist bloß mit dem Kater los?"

„Keine Sorge, ich kümmere mich darum", beruhigte ich ihn. Bandit würde mir bestimmt bald erzählen, was Thor krank machte. Wenn nicht, würden wir zum Tierarzt fahren.

Ben wandte seine Aufmerksamkeit vom hinteren Rasen zu mir. „Was steht heute auf der Tagesordnung?"

„Wir haben uns gestern Mollys Social-Media-

Accounts angesehen und nichts Interessantes gefunden. Kannst du Nicks Konten überprüfen?"

„Du glaubst, dass er für Mollys Tod verantwortlich ist?"

„Als ich gestern mit ihm gesprochen habe, konnte ich keine Anzeichen für eine Verletzung erkennen, aber ich habe auch nicht danach gesucht. Nein, ich will sein Alibi überprüfen. Er meinte, er habe in der Stadt seine kranke Großmutter besucht. Ich möchte sicherstellen, dass er in der Nacht, in der Molly starb, nicht in Firefly Bay war."

„Natürlich kann ich das machen. Und was hast du vor?"

„Ich suche Angela Brady auf. Das Foto von den dreien im Park geht mir nicht aus dem Kopf. Vor allem die Art, wie Angela Nick angesehen hat."

„Engel", riefen meine zwölf Geister wieder und ich kniff mir in den Nasenrücken, um die Irritation zu unterdrücken, die ihre Anwesenheit auslöste. Ich hatte kaum geschlafen, nachdem Thor mich mit seiner Übelkeit geweckt hatte. Stattdessen hatte ich im Bett gelegen und über Molly nachgedacht. Wer hatte sie töten wollen und warum? Außerdem hatten die Geister die ganze Nacht über gesungen und jeden Schlaf unmöglich gemacht. Galloway war früh aufgestanden und schon lange weg, als ich mich endlich aus dem Bett geschleppt hatte. Und jetzt litt ich unter Schlafentzug und hatte keine Lust auf einen Haufen Geister, die mir nicht sagen wollten, warum sie mich verfolgten.

„Ruhe!", fuhr ich sie an.

„Engel", antworteten sie noch lauter.

Ich lehnte den Kopf zurück, starrte an die Decke und betete um Kraft. Ein Klopfen an der Hintertür ließ mich den Hals so schnell drehen, dass ein lautes Knacken zu hören war. Großartig. Jetzt hatte ich zusätzlich zu meiner schmerzenden Hüfte auch noch einen schmerzenden Nacken.

„Morgen!" Seb grinste sein Tausend-Watt-Lächeln und winkte mir durch die Scheibe zu.

„Richtig", murmelte ich vor mich hin. „Ich hatte ganz vergessen, dass ich ihn heute Morgen zum Kaffee eingeladen habe."

„Sag ihm einfach, dass jetzt kein guter Zeitpunkt ist", sagte Ben.

„Ist schon in Ordnung. Ich mache ihm einen Kaffee, dann kann er wieder gehen. Er hat sowieso genug zu tun, zum Beispiel auspacken."

Ich schob die Tür auf und Seb musterte mich von oben bis unten. „Ähm. Du siehst fertig aus. Schlechte Nacht gehabt?"

„Ich konnte nicht schlafen." Ich winkte in

Richtung Kaffeemaschine. „Bedien dich. Ich gehe duschen und ziehe mich an. Sorry, aber ich habe leider keine Zeit, dir Gesellschaft zu leisten. Ich muss arbeiten."

„Das ist in Ordnung. Ich kann auch nicht lange bleiben. Ich muss unbedingt meine Kaffeemaschine finden, fertig auspacken und mich dann in der Schule melden."

„An einem Samstag?"

„Ja, ich habe einen Termin mit dem Direktor. Er meinte, er brauche mich für etwas, bevor ich am Montag offiziell anfange."

Ich war schon auf dem Weg zum Flur und hörte nicht richtig zu. „Alles klar. Ich wünsche dir noch einen schönen Tag."

„Den wünsche ich dir auch, Audrey."

Als ich unter der Dusche stand, schloss ich die Augen und genoss das heiße Wasser. Ich hatte das Gefühl, dass ich heute irgendwann ein Nickerchen machen würde, aber zuerst musste ich herausfinden, was mit Molly passiert war. Ich machte mir eine gedankliche Checkliste: Ben wollte Nicks Alibi überprüfen und herausfinden, ob er wirklich in der Stadt gewesen war. Ich würde ihre beste Freundin Angela befragen, dann müsste ich Mollys Mutter anrufen und sie auf den neusten Stand bringen. Aber zuerst sollte ich mich bei Galloway melden, falls es etwas gab, was Joan Lewis nicht wissen sollte. Nicht, dass Joan eine Verdächtige wäre. Ich bezweifelte sehr, dass sie ihre eigene Tochter getötet hatte. Ich hielt einen Moment inne. War das ein Grund, sie auszuschließen? Nur weil sie die Mutter der Verstorbenen war. Nein, verdammt. Ich setzte sie auf meine Liste der Verdächtigen.

Frisch gestärkt zog ich mich an, drückte Thor und Bandit, die beide auf meinem Bett schliefen, einen Kuss auf die pelzigen Köpfe und eilte dann die Treppe hinunter. Ben war im Büro, seine Hand ruhte auf meinem Computer.

„Und, wie läuft's?"

„Eine Menge zu sichten. Ich fange mit den sozialen Medien an, aber vielleicht komme ich auch an seine E-Mails und Nachrichten heran."

„Das kannst du?"

„Ich kann es zumindest versuchen. Ich kann die elektronischen Daten verfolgen, also gibt es keinen Grund, warum ich nicht auch die E-Mail-Adresse verfolgen kann, mit der er sich anmeldet. Solange ich einen Einstiegspunkt habe, sollte es kein Problem sein."

„Ich gehe jetzt zu Angela. Sag mir Bescheid, wenn du etwas findest."

„Mach ich. Und Fitz?"

„Ja?"

„Du weißt schon, dass du zwei verschiedene Schuhe trägst, oder?"

„Wie bitte?" Ich schaute auf meine Füße hinunter. Tatsächlich. Ein roter und ein blauer Schuh. Ich rannte die Treppe hinauf, behob mein Schuhproblem, rannte wieder hinunter, verabschiedete mich von Ben und ging hinaus.

---

Ben hatte am Abend zuvor Angelas Adresse für mich herausgefunden, und als ich mich ihrem Haus näherte, sah ich sie in der Tür stehen und mit einem Mann sprechen.

„Es ist aus", schnaubte Angela und schüttelte den Kopf. „C'est la vie. Du wirst mich vielleicht vermissen, aber eins kannst du mir glauben: Ich brauche dich nicht. Ich werde nicht zu Hause sitzen und um dich weinen."

„Angie", sagte der Mann und streckte ihr eine Hand entgegen.

Sie schlug sie weg. „Geh nach Hause zu deiner Frau, Dean."

Meine Augen wurden ganz groß und ich hielt inne, um die Szene vor mir zu beobachten. Angela Brady hatte eine Affäre mit einem verheirateten Mann! Korrektur. Sie hatte eine Affäre *gehabt* und jetzt wollte sie ihn verlassen, und ich saß in der ersten Reihe.

In dem Moment bemerkte Angela mich … und starrte mich an. „Ja?", schnauzte sie. „Was wollen Sie?"

Ich straffte die Schultern und machte einen Schritt nach vorne. „Audrey Fitzgerald, Delaney Investigations. Ich bin wegen Molly hier."

Angelas Gesicht verzog sich und ihre Augen schimmerten plötzlich feucht. Der Mann, dem sie gerade den Laufpass gegeben hatte, drehte sich um, und ich erhaschte einen Blick auf sein blasses Gesicht, bevor er sich an mir vorbei drängte und davon eilte. In diesem Moment erkannte ich seine Kleidung. Unter dem Mantel trug er eine Arbeitsuniform. Wie ein Pfleger sie tragen würde. Wie die, die ich bei den Mitarbeitern im Pflegeheim von Firefly Bay gesehen hatte. Arbeitete er dort?

„Wer war das?", fragte ich Angela.

„Das geht Sie nichts an." Sie schniefte und fuhr

sich mit dem Ärmel über die Nase. „Sie sollten besser reinkommen. Ich habe den Nachbarn heute schon genug Gesprächsstoff geliefert." Sie machte einen Schritt zurück und ich trat ein. Angela musste eine Minimalistin sein, denn ihre Wohnung war kahl, fast öde. Kein Schnickschnack, nur funktionale Möbel, alles in Weiß, passend zu den Wänden. Sogar der Teppich vor dem Sofa war weiß und ich konnte nicht umhin, mir vorzustellen, wie mühsam es sein würde, ihn sauber zu halten. Es war alles offen gestaltet wie in meinem Haus, nur viel kleiner.

„Nettes Haus", sagte ich. Meine geisterhafte Entourage folgte mir nach drinnen, aber sie passten nicht alle hinein, sodass sie in den Wänden hängen blieben. Ich ignorierte sie. Nach dem Gesang in der Nacht waren sie zur Abwechslung mal still.

„Sie sagten, Sie seien wegen Molly hier?" Angela zeigte auf einen Platz am runden Esstisch. „Setzen Sie sich."

Ich kam ihrer Aufforderung nach und sah zu, wie sie sich in der Küche bewegte. Ihre Bewegungen waren fließend und elegant. Sie schien nicht zu bemerken, dass sie auf ihrem Weg vom Kühlschrank zum Geschirrschrank, um sich ein Glas zu holen, durch mindestens drei Geister gelaufen war.

„Saft?", wollte sie wissen.

„Kaffee?", fragte ich hoffnungsvoll.

„Ich trinke keine heißen Getränke." Sie schenkte sich ein Glas Orangensaft ein und setzte sich zu mir an den Tisch, während ich versuchte, mir vorzustellen, wie es sein würde, nicht nur keinen Kaffee, sondern überhaupt keine heißen Getränke zu trinken. Es gelang mir nicht.

„Also?", meinte sie scharf.

„Also?", wiederholte ich verblüfft.

„Es geht um Molly?" Ich konnte die Irritation in ihrer Stimme hören.

„Richtig, ja, tut mir leid. Erzählen Sie mir von Ihrer Beziehung zu Molly. Sie waren befreundet?"

„Ja."

Ich blinzelte. Okay. Angela Brady war eine harte Nuss. „Wo haben Sie sich kennengelernt? Waren Sie schon lange befreundet?"

„Wir haben uns bei der Arbeit kennengelernt."

„Oh! Sie waren also nicht lange befreundet?" Ich hatte angenommen, dass Molly und sie sich seit ihrer Kindheit kannten.

Sie rollte mit den Schultern. „Ein Jahr oder so, schätze ich."

„Und haben Sie sich auch außerhalb der Arbeit getroffen?"

Sie nickte. „Natürlich."

„Wann haben Sie Molly das letzte Mal gesehen?"

Angela schaute nachdenklich an die Decke. „Ähm. Ich habe sie schon eine Weile nicht mehr gesehen. Wir hatten verschiedene Schichten. Sie am Tag, ich in der Nacht. Ich habe sie vielleicht kurz während des Schichtwechsels gesehen, aber wir haben uns schon lange nicht mehr getroffen."

„Und warum nicht?"

Ihre grünen Augen blitzten auf. „Nachtschicht. Tagschicht", wiederholte sie.

„Ja, aber Sie arbeiten doch nicht die ganze Zeit", sagte ich. „Was war mit den Wochenenden?"

„Wir hatten beide auch außerhalb der Arbeit viel zu tun. Molly hatte Nick. Ich hatte …" Sie brach ab und presste die Lippen zu einem schmalen Strich zusammen.

„Was haben Sie von Molly und Nick gehalten? War ihre Beziehung sehr eng?"

Sie legte den Kopf schief. „Ich denke schon."

Jetzt war ich an der Reihe, die Stirn zu runzeln. „Molly hat Ihnen also nicht gesagt, dass sie die Sache mit ihm beenden wollte?"

Angelas Augenbrauen schossen vor Überraschung in die Höhe. „Davon höre ich zum ersten Mal. Wer hat Ihnen das gesagt?"

„Sharon Mooney. Ihre Chefin."

Angela schnaubte. „Sie ist eine Wichtigtuerin, die von Klatsch und Tratsch lebt. Ich würde dieser neugierigen alten Kuh kein Wort glauben.“

„Molly hätte sich Ihnen doch anvertraut, wenn es zwischen ihr und Nick schlecht gelaufen wäre, oder?“

Sie kaute auf der Unterlippe. „Vielleicht. Früher bestimmt. Jetzt bin ich mir da nicht mehr so sicher.“

„Warum nicht?“

Angela sank auf ihrem Stuhl in sich zusammen. Ihre Schultern rollten nach vorne und das Kinn sackte in Richtung Brust. „Sie hat herausgefunden, dass ich mit …“ Sie brach ab und presste die Lippen zusammen.

„Mit dem Typen von vorhin?“ Ich nickte in Richtung Haustür. „Sie arbeiten mit ihm, richtig?“

„Ja.“ Sie atmete hörbar aus. „Okay, Sie finden es wahrscheinlich sowieso heraus, weil die Polizei auch herumschnüffelt. Ich hatte eine Affäre mit Dean Ackerman. Er ist examinierter Pfleger im Heim. Molly hat es herausgefunden und gedroht, es Deans Frau zu erzählen. Molly hasste solche Dinge. Betrügen. Sie hatte hohe moralische Ansprüche. Aber es schien sie nicht zu stören, dass sie mir Nick weggenommen hat.“ Sie beendete den Satz mit einem bitteren Unterton.

„Nick und Sie waren ein Paar?" Was für ein Schock. Damit hatte ich nicht gerechnet. Da war dieses Foto in den sozialen Medien, auf dem Angela Nick sehr aufmerksam anschaute. Dennoch hätte ich nicht gesagt, dass es ein sehnsüchtiger oder verlangender Blick war.

Angela schüttelte den Kopf. „Nein. Wir sind nie ausgegangen. Aber Molly wusste, dass ich ihn mochte. Ich habe ein paar Mal mit ihm geflirtet, aber er hat mich abgewiesen."

„Wow. Das muss unangenehm gewesen sein."

Sie zuckte mit den Schultern. „Andere Mütter haben auch schöne Söhne."

„Okay. Nick hat Ihnen also einen Korb gegeben und sich dann mit Molly verabredet. Und Sie haben etwas mit einem verheirateten Mann angefangen."

„Richtig."

„Sie sagten, er – Dean Ackerman – ist examinierter Pfleger? Wie Sharon?"

„Ja."

„Also ist er Ihr Chef? Sie sind ihm unterstellt?"

Ihre Lippen wurden schmaler. „Wir haben keinen festen Chef. Molly und ich sind geprüfte Pflegehelferinnen. Wir melden uns bei der jeweiligen diensthabenden examinierten

Krankenschwester oder eben beim diensthabenden examinierten Pfleger."

„Und sowohl Sharon Mooney als auch Dean Ackerman sind examiniert?", hakte ich nach.

„Korrekt."

Ich blinzelte, um diese Nachricht zu verdauen. Verstieß es gegen die Vorschriften, wenn eine examinierte Fachkraft eine Beziehung zu einer ihr unterstellten Person hatte? Ich hatte keine Ahnung, würde der Frage aber nachgehen. Es verstieß allerdings definitiv gegen das Protokoll, dass ein verheirateter Mann eine Affäre mit einer Kollegin hatte. Und Molly hatte das gewusst.

„Wie hat Molly es herausgefunden?", wollte ich wissen.

„Sie hat uns erwischt. Bei der Arbeit." Angela starrte auf ihre Nägel, als wäre das ganze Thema langweilig, doch ich konnte sehen, wie ihr Bein unter dem Tisch zitterte. Sie war nervös.

„Oh je. Das war sicherlich sehr unangenehm gewesen."

„Richtig. Ich bin mir nicht sicher, auf wen sie wütender war, auf mich oder auf Dean. Möglicherweise auf Dean, weil er verheiratet ist."

„Und Ihr Vorgesetzter", betonte ich erneut.

„Das auch."

„Und was hat Molly gesagt? Als sie Sie erwischt hat.“

„Sie hat mit dem Finger vor Deans Gesicht herumgewedelt und ihm gesagt, er solle sich schämen. Und dass sie es Katherine sagen würde, wenn wir die Sache nicht sofort beenden. Also seiner Frau.“

„Und was hat Dean gesagt?“

„Er meinte, dass es nicht wieder vorkommen würde.“

„Und ist es das? Wieder vorgekommen?“

„Oh ja, viele Male. Dean ist sehr gut darin, einem ins Gesicht zu lügen und zu sagen, was man hören will.“

„Hatte Molly Ihnen ein Ultimatum gestellt?“

Es herrschte einen Moment lang Schweigen, während Angela mich genau beobachtete. Ich war mir nicht sicher, was sie sah. Eine erschöpfte Privatdetektivin mit dunklen Ringen unter den Augen? Oder eine hartnäckige Ermittlerin, die entschlossen war, die Wahrheit herauszufinden? Beides passte.

„Sie meinte, sie würde mich melden.“

„Sharon?“

Angela schnaubte. „Das wäre sinnlos. Nein. Sie hat damit gedroht, sich direkt an den

Pflegedienstleiter zu wenden. Wir könnten unsere Jobs verlieren."

„Man würde Sie deswegen entlassen?"

„Oh, nicht direkt. Entweder würde man mir nachlassende Leistung bescheinigen und mich vor die Tür setzen oder meine Schichten drastisch kürzen, sodass ich gezwungen wäre, mir einen anderen Job zu suchen."

„Okay." Ich nickte. „Aber wie ich gerade gesehen habe, haben Sie die Sache mit Dean beendet."

Doch Angela schüttelte den Kopf. „Nein. Offenbar habe ich ein Problem mit Autorität. Sobald mir jemand sagt, dass ich etwas nicht tun kann, tue ich es. Und wenn man mir sagt, ich solle mich von meinem Freund trennen? Dann verbringe ich einfach doppelt so viel Zeit mit ihm."

Nun war ich verwirrt. „Aber das war doch Ihr Freund, oder? War ich nicht gerade Zeuge, wie Sie mit ihm Schluss gemacht haben?"

„Ja. Aber das mit Molly war schon vor ein paar Wochen. Nachdem sie uns erwischt hatte, änderte sich nicht wirklich etwas. Wir haben uns weiter heimlich getroffen."

„Warum haben Sie denn mit ihm Schluss gemacht, wenn nicht wegen Molly?"

Sie wedelte mit der Hand in der Luft herum. „Die

Sache hat mich einfach gelangweilt. Am Anfang hat es Spaß gemacht. Heiß. Sexy und sündhaft. Aber in letzter Zeit hat Dean nur noch über seinen schlimmen Rücken und seine Paranoia gejammert, dass seine Frau es herausfinden wird."

„Wenn er so besorgt war, dass seine Frau es herausfinden könnte, warum hat er die Affäre nicht beendet?"

„Weil er keine Eier hat", spottete Angela. „Um ehrlich zu sein, im Bett ist er ein Tier, aber außerhalb davon? Ein absolutes Weichei. Ohne jeden Mumm. Das hat irgendwann nur noch genervt. Das hat mir den ganzen Spaß verdorben, also habe ich Schluss gemacht."

Sie trank ihr Glas leer, stand auf und streckte sich. „Ist das alles? Ich glaube kaum, dass Mollys Unfall eine Privatdetektivin rechtfertigt oder dass mein Liebesleben eine Rolle spielt." Sie drehte sich um und spülte das Glas in der Spüle aus.

„Oh, Mollys Tod war kein Unfall." Ich stand auf und kramte in meiner Tasche nach einer Visitenkarte. „Jemand hat es nur so aussehen lassen, damit die Polizei das denkt."

Angela stand wie erstarrt vor der Spüle, bevor sie langsam den Kopf drehte und mich über ihre Schulter ansah. Jede Farbe war aus ihrem Gesicht gewichen. „Jemand ...“ Sie schluckte schwer, dann räusperte sie sich und versuchte es erneut. „Jemand hat sie *getötet*? Absichtlich?“

Ich biss mir auf die Lippe. Vielleicht hätte ich ihr das nicht sagen sollen, aber jetzt war es zu spät. Die Katze war aus dem Sack. Ich legte den Kopf schief. „Ja.“ Ich tippte auf die Visitenkarte, die ich gerade auf den Tisch gelegt hatte. „Wenn Ihnen noch etwas einfällt, rufen Sie mich an.“

Ich war schon an der Haustür, als sie mir nachrief. „Warten Sie!“

„Ja?“ Ich blieb stehen, die Hand auf den Türknauf.

„Sie haben mich gar nicht gefragt, ob ich glaube, dass jemand Molly tot sehen wollte“, meinte sie.

„Fällt Ihnen denn jemand ein?“

„Nein.“

„Nun ... falls Ihnen jemand einfällt, lassen Sie es mich wissen.“

Dann verließ ich kommentarlos ihr Haus.

# KAPITEL 8

„Wir haben ein Problem", begrüßte mich Ben, als ich nach Hause kam. Ich stürmte an ihm vorbei zur Kaffeemaschine, um ein dringendes Bedürfnis zu erfüllen.

„Aha, und welches?"

„Ich kann Nicks Alibi nicht bestätigen."

Ich hielt für eine Mikrosekunde inne. „Das sieht dir nicht ähnlich. Was ist los?"

„Ich kann nur elektronische Metadaten verfolgen."

„Ja, ich weiß. Was ist das Problem?" Ich unterbrach meine Vorbereitungen zum Kaffeekochen nicht. Die Müdigkeit war mir dicht auf den Fersen und ich brauchte dringend eine kleine Belebung. Moment, das war eine Lüge. Was ich wirklich brauchte, war ein Nickerchen.

„Nick meinte doch, er habe seine Großmutter besucht. Ich habe etwas nachgeforscht und wie sich herausstellte, ist sie an Demenz erkrankt und wird in einem Pflegeheim palliativ betreut. Dort gibt es weder Überwachungskameras noch ein elektronisches Anmeldesystem", sagte Ben und erinnerte mich daran, dass wir immer noch über den Fall sprachen und nicht über die Vorzüge eines Nickerchens bei einem Kaffee diskutierten.

„Aber wir können doch bestimmt irgendwie seine Schritte in der Stadt zurückverfolgen, oder nicht?"

„Weißt du, wie groß die Stadt ist? Wie viele Daten ich durchforsten müsste? Ich habe mir überlegt, ob ich mich in die Verkehrskameras einklinken und nach seinem Auto suchen soll, aber das wäre ein Schuss ins Blaue."

Als der Kaffee endlich fertig war, nahm ich einen Schluck und dachte kurz nach. „Okay. Wenn die Großmutter im Heim lebt, hat Nick nicht bei ihr übernachtet, wie ich zunächst angenommen habe. Wahrscheinlich hat er sich ein Hotelzimmer gebucht."

„Ich habe alle in einem Umkreis von fünfzehn Kilometern überprüft. Er hat in keinem von ihnen eingecheckt."

„Verdammt. Okay, was wirst du als Nächstes tun?"

„Ich werde die Hostels in der Umgebung überprüfen. Schließlich ist Nick Student. Wahrscheinlich kann er sich kein Hotelzimmer leisten und Hostels sind preiswerte Unterkünfte für Rucksacktouristen."

„Okay, das ergibt Sinn." Ich schlüpfte aus meinen Schuhen und rieb mir die schmerzenden Füße. „Wir müssen Nicks Motiv herausfinden, Molly zu töten. Alles, was wir haben, ist ein unbestätigtes Gerücht, dass sie mit ihm Schluss machen wollte. Das ist kaum ein Grund, sie umzubringen."

Ein Klopfen an der Hintertür ließ mich zusammenfahren und ich gab ein leises Quietschen von mir, während ich zur Tür herumwirbelte. Seb stand da und hielt den Kaffeebecher hoch, den er sich am Morgen ausgeliehen hatte.

„Hey." Er winkte.

„Wenn das so weitergeht, wird er noch zu einem Problem", meinte Ben und verschränkte die Arme vor der Brust. Ich musste an meine frühere Nachbarin denken, Mrs Hill, und wie sie mich fast dabei erwischt hätte, wie ich mit einem Geist sprach. Mehrmals.

„Hallo, Seb. Hast du deine Kaffeemaschine inzwischen gefunden?", fragte ich, als ich die Tür öffnete und ihn hereinwinkte.

„Ja!", meinte er strahlend. „Sie war in der Badezimmerkiste. In Handtücher gewickelt."

„Ausgezeichnet."

„So arbeitest du also an deinen Fällen?", fragte er und hielt mir den Becher hin. „Ich wollte den hier zurückbringen."

Ich runzelte die Stirn. „Was meinst du damit?" Ich nahm den Becher und stellte ihn auf den Küchentresen.

„Auf und ab gehen und mit sich selbst reden. Einmal hast du sogar auf etwas gezeigt. Fast so, als ob jemand anderes hier wäre und du mit ihm sprichst."

Ich starrte ihn entgeistert an. „Wie lange hast du dort gestanden?"

„Oh, Gott, jetzt wirke ich wie ein Stalker!" Er lachte laut und gab mir einen Klaps auf den Oberarm. „Entschuldigung, ich habe nicht spioniert, ehrlich nicht. Ich habe vielleicht eine Minute dort gestanden. Du warst so vertieft, dass ich dich nur ungern stören wollte."

„Okay."

„Wie ich sehe, liegt jetzt ein anderer Schuh auf dem Rasen. Hast du immer noch Probleme mit Thor?"

Das Besondere an Seb Castle war, dass er nicht nur gut aussah, sondern auch noch sehr charismatisch war. Die Frage war, ob ich ihm vertrauen könnte, falls er herausfand, dass ich mit Geistern sprechen konnte. Oder wäre mein Talent dann ein gefundenes Fressen für die Klatschmäuler?

„Ja."

„Ich habe eine Idee, was vielleicht helfen könnte."

„Im Ernst?" Damit hatte er mein Interesse geweckt.

„Thor ist auf Diät, weil er zu dick ist, richtig? Wie wäre es also, wenn er etwas aktiver wird, um ein paar Kalorien zu verbrennen? Dann ist das Essen kein Problem mehr."

Ben schnaubte. „Wie bringt man eine Katze dazu, Sport zu treiben?"

Ich gluckste. „Gute Frage."

„Wie bitte?", fragte Seb.

„Entschuldigung. Ich meine, wie soll ich Thor dazu bringen, Sport zu treiben?"

„Der rote Punkt. Besorge dir einen Laserpointer und spiel ein paar Minuten pro Tag damit. Wenn

Thor wie alle anderen Katzen auf der Welt ist, wird er das Ding jagen, bis er vor Erschöpfung umfällt."

„Ich bin mir nicht sicher, ob ich das will", protestierte ich.

„Nun, nein, so lange soll er das natürlich nicht tun. Fang langsam an. Eine Minute pro Tag und dann immer länger. Bandit würde das wahrscheinlich auch gefallen."

„Weißt du, das ist gar keine schlechte Idee", meinte Ben und nickte.

Ich wiederholte seine Worte.

„Freut mich, wenn ich helfen kann." Seb ließ wieder seine perlweißen Zähnchen aufblitzen. „Im Gegenzug hatte ich gehofft, du könntest mir ebenfalls helfen."

„Aha?"

„Schon wieder ein Gefallen?" Ben verschränkte die Arme vor der Brust und stellte die Beine hüftbreit auf. „Der Typ hat Eier." Ich wollte auf das Offensichtliche hinweisen – dass Seb ein Mann ist und daher tatsächlich Eier hatte –, hielt mich aber zurück.

„Ich habe mit dem Direktor meiner neuen Schule gesprochen. Morgen Abend findet der jährliche Schulball statt und ich wurde als Aufsicht eingetragen. Würdest du mich begleiten?"

Ich blinzelte. *Er bittet mich um ein Date?* „Du weißt schon, dass ich einen Freund habe, oder?" Seb war großartig und ich mochte ihn als *Freund*. Ich hatte nicht den Hauch von Absicht, mit diesem Kerl auszugehen!

Seb grinste. „Ich kann keinen Ring sehen." Er zwinkerte mir zu.

„Das hat er jetzt nicht getan!", rief Ben, ließ die Arme zur Seite fallen und starrte ihn mit offenem Mund an.

„Hat er." Ich schüttelte ungläubig den Kopf.

„Wie bitte?" Jetzt war Seb an der Reihe, die Stirn zu runzeln. „Jetzt mal im Ernst, ist hier noch jemand? Trägst du einen Ohrhörer und sprichst mit jemandem? Das ist es, oder?"

„Tut mir leid, ich darf keine Geschäftsgeheimnisse preisgeben." Sein Gedanke war gar nicht mal so schlecht. Ich könnte so tun, als würde ich eine Überwachungsanlage benutzen und jemand, alias Ben, würde mit mir sprechen. Das könnte tatsächlich funktionieren.

„Du bist eine ziemlich coole Frau, Audrey Fitzgerald." Sebs breites Grinsen war wieder da, und obwohl ich erleichtert war, dass meine Fähigkeiten, mit Geistern zu sprechen, ihn – noch – nicht abgeschreckt hatten, wollte ich nicht, dass er einen falschen Eindruck von uns beiden bekam.

„Ich meine es ernst, Seb. Ich bin mit Galloway zusammen und liebe ihn sehr. Ich habe ganz bestimmt nicht die Absicht, mich mit dir zu verabreden." Ich tat mein Bestes, um ihn freundlich in die Schranken zu weisen, denn ich war immer noch überrascht, dass er überhaupt gefragt hatte, vor allem, weil er bereits von Galloway und mir wusste.

Seb blinzelte eine Sekunde lang, seine Miene war ausdruckslos, dann warf er den Kopf in den Nacken und brüllte vor Lachen. Ben und ich schauten erst uns, dann Seb an, der sich den Bauch hielt und sich vor Lachen krümmte. Ich trat von einem Fuß auf den anderen, während meine Geduld allmählich schwand. Lachte er über *mich*?

„Ich verstehe nicht, was daran so lustig ist", brummte ich schließlich.

Seb wurde wieder ernst und fuhr sich mit den Fingern über die Augen. „Tut mir leid", gluckste er, während er sich wieder beruhigte. „Tut mir leid", wiederholte er. Dann räusperte er sich und straffte die Schultern.

„Als ich gefragt habe, ob du mich begleiten möchtest, wollte ich mich nicht mit dir … *verabreden.*"

„Was hast du dann gemeint?"

„Ich bin neu in der Stadt und du bist so ziemlich der einzige Mensch, den ich kenne. Ich dachte, es wäre lustig, etwas zusammen zu unternehmen und du könntest mitkommen, wenn ich bei diesem Ball die Aufsicht habe. Bring Kade doch einfach mit. Ja, das ist eine ausgezeichnete Idee." Angesichts der Art und Weise, wie er die Stimme senkte, als er Galloways Namen sagte, und wie seine Augen einen verträumten Ausdruck annahmen, legte ich den Kopf schief.

„Bist du schwul?", fragte ich unverblümt.

„Oh, er ist schwul", stimmte Ben zu, die Arme vor der Brust verschränkt und mit dem Kopf nickend. „Hast du gesehen, wie er plötzlich ganz finster und nachdenklich wurde, als du Galloway erwähnt hast?"

„Ja", meinte ich und nickte zustimmend. „Vorher ist mir das aber nicht aufgefallen."

„Mir auch nicht."

„Du redest definitiv mit jemandem!", rief Seb und schaute sich um.

„Hör auf, der Frage auszuweichen!", schoss ich zurück. „Nur für den Fall, dass es wichtig ist: Das macht mir nichts aus. Es ist mir egal, ob du schwul, bi, trans, ein Alien, ein Geist oder was auch immer bist."

„Ein Alien?", fragte Seb lachend. „Im Ernst?"

Ich kniff die Augen zusammen. „Bist du es?" Wäre es ein Problem für mich, wenn er ein Alien wäre? Nein. Aber ich wäre sehr neugierig.

Seb schüttelte den Kopf und fuhr sich mit der Hand über den Nacken, ein reumütiges Grinsen umspielte seine Lippen. „Ich bin schwul. Du hast mich erwischt."

Meine Augen wurden groß. „Hast du dich … du weißt schon … noch nicht geoutet?"

„Oh, natürlich. Das habe ich schon als Teenager getan. Ich wollte einfach nicht, dass meine Ankunft in einer Kleinstadt auf dem Land mit meiner Sexualität in Verbindung gebracht wird."

„Firefly Bay ist wohl kaum eine Kleinstadt auf dem Land", schnaubte ich entrüstet.

„Doch, ist es", meinte Ben.

„Verglichen mit der Stadt ist es das", sagte Seb.

Okay. Ich hatte nicht vor, über die Bedeutung einzelner Worte zu streiten.

„Dein Geheimnis ist bei mir sicher", versicherte ich ihm. „Ich melde mich wegen des Balls bei dir." Ich würde mit Galloway darüber sprechen und herausfinden, was er davon hielt. „Obwohl ein Schulball an einem Sonntag? Das ist neu, oder?"

Seb stieß einen Seufzer aus. „Seltsam, nicht

wahr? Wie sich herausgestellt hat, mussten sie den ursprünglichen Termin verschieben. Wegen eines Wasserlecks in der Turnhalle. Aufgrund eines *sehr vollen Schul- und Freizeitkalenders"*, er malte Anführungszeichen in die Luft, „mussten sie den Schulball auf einen Sonntag verlegen oder bis zum Ende des nächsten Schuljahres warten. Der Ausschuss hat abgestimmt und beschlossen, dass ein Sonntag in Ordnung sei, und ich wurde als Anstandswauwau vor den Karren gespannt."

Wahrscheinlich, weil er der Neue ist, dachte ich. Ich konnte mir nicht vorstellen, dass einer der anderen Lehrer für eine Schulveranstaltung am Wochenende stimmen würde.

„Ich habe eine Idee." Ben stieß mich an und versetzte mir einen eisigen Stoß in den Brustkorb. Ich atmete zischend ein und trat einen Schritt zurück. „Welche?", flüsterte ich, als stünde Seb nicht direkt vor mir und würde mich mit seinen stechenden blauen Augen beobachten.

„Warum flüstern wir?", flüsterte Seb und schaute aus dem Fenster in den Garten, bevor er seinen Blick wieder auf mich richtete. „Ist hier jemand? Sind wir in Gefahr?"

„In Gefahr?", stieß ich überrascht hervor. „Nein!"

„Okay, aber irgendetwas ist mit dir los. Ich habe

dir mein Geheimnis verraten, jetzt spuck deins aus. Ich verspreche, dass ich es niemandem erzählen werde. Bei meiner Pfadfinderehre." Er bekreuzigte sich, womit er verriet, dass er kein Pfadfinder war, was mir aber trotzdem gefiel. Tatsächlich gefiel mir alles an Sebastian Castle. Er erinnerte mich ein wenig an Ben, nur dass er blond war und viel besser aussah.

„Du darfst es niemandem erzählen", warnte ich und zog ernsthaft in Betracht, ihm die Wahrheit zu sagen.

„Fitz!", zischte Ben. „Auf keinen Fall. Sag es ihm bloß nicht. Lass mich um Himmels willen erst etwas recherchieren. Nur weil er dir gesagt hat, dass er schwul ist, musst du ihm nicht von deinen Fähigkeiten als Geisterflüstererin erzählen."

Ich biss mir auf die Lippe. Ben hatte recht. Was, wenn ich es ihm sagte und er mir entweder nicht glaubte oder mir zwar glaubte, aber die Klappe nicht halten konnte? Das wäre eine Katastrophe.

Ich zeigte auf mein Ohr. „Ich teste gerade meine neue Überwachungsausrüstung." Die Lüge ging mir leicht über die Lippen.

Seb trat auf mich zu und sprach mir direkt ins Ohr. „Bist du das, Kade?" Zu mir meinte er: „Es ist dein Freund, nicht wahr?"

Ich schüttelte den Kopf. „Nein. Ein Kumpel von mir. Ben."

„Pst, erzähl ihm bloß nicht mehr", ermahnte Ben mich. „Du hast ihm schon meinen Vornamen verraten. Sag ihm nicht noch meinen Nachnamen."

„Verstanden."

„Okay." Seb trat nickend zurück. „Das ist wirklich gut. Ich kann das Ding nicht einmal sehen!"

Ich hielt Daumen und Zeigefinger hoch und drückte sie aneinander. „Es ist wirklich sehr klein."

„Es ist schon erstaunlich, was man heutzutage alles machen kann. Möchte Ben auch zum Schulball kommen?"

„Hah!", schnaubte Ben. „Ein Schulball? Da muss ich passen. Und ich bin mir ziemlich sicher, dass die Schule auch nicht wollte, dass der neue Lehrer die halbe Nachbarschaft als Aufsichtspersonen einlädt."

„Ah, das war ein ‚Nein, danke'." Ich lächelte Seb höflich an und drehte mich um, als ich ein Klingeln aus meinem Büro hörte. Eine E-Mail war eingegangen.

„Tut mir leid, ich muss mein Postfach überprüfen. Es könnte um meinen Fall gehen", sagte ich und ging in mein Büro. Seb ignorierte meine unterschwellige Bitte, zu gehen, und folgte mir stattdessen.

Die E-Mail stammte vom Ivelisse Day Spa und enthielt einen Gutschein für zehn Prozent Rabatt, wenn ich diesen Monat eine Behandlung buchte. Als ich die E-Mail schloss, hörte ich wieder das Lied *Black Magic* von Little Mix. Sehr leise, aber definitiv vorhanden. „Hörst du das?", wollte ich wissen.

„Was?", fragte Seb. Er lehnte am Türrahmen meines Büros, eine Pose, die der von Ben so ähnlich war, dass mir das Herz wehtat.

„Die Musik."

Seb schüttelte den Kopf. „Nein. Nichts. Also ..." Er stieß sich vom Türrahmen ab und trat ein. „Das hier ist also deine Schaltzentrale?"

Ich nickte und drehte mich in meinem Stuhl um. „Ich arbeite nicht ausschließlich hier. Ich bin auch viel unterwegs, befrage Leute, gehe Hinweisen nach und so weiter."

Seb hielt inne, um meine Mordtafel zu studieren. Darauf waren Bilder von Molly und möglichen Verdächtigen zu sehen. Er tippte auf Mollys Foto. „Das ist dein Opfer?"

Ich beschloss, dass es nicht schaden würde, mit ihm über den Fall zu sprechen. Schließlich kannte er ja keinen der Beteiligten.

„Ja, Molly Lewis, einundzwanzig, Pflegehelferin

im örtlichen Seniorenheim. Sie ist bei einem Autounfall gestorben." Ich tippte auf Nicks Foto. „Das ist ihr Freund, Nick Davidson, Student und Aushilfe im Burgerladen." Dann tippte ich auf Angelas Foto. „Mollys beste Freundin, Angela Brady. Auch eine Schwesternschülerin im Heim." Das erinnerte mich daran, dass meine Tafel aktualisiert werden musste. „Ich muss Angelas Ex-Freund Dean Ackerman hinzufügen. Das ist einer ihrer Chefs im Heim und ein verheirateter Mann. Molly hat die Affäre bemerkt und gedroht, es Deans Frau zu erzählen."

„Du glaubst, er oder sie", Seb deutete auf Dean und Angela, „hat Molly getötet, um sie zum Schweigen zu bringen."

Ich biss mir auf die Innenseite meiner Wange. „Das ist ein Motiv. Aber ich muss die Alibis überprüfen."

„Und der Freund?" Seb richtete seine Aufmerksamkeit wieder auf Nicks Foto. „Hat er ein Motiv? Und ein Alibi?"

„Ich arbeite daran. Ihre Chefin hat mir erzählt, dass Molly mit Nick Schluss machen wollte, aber ich konnte das noch nicht bestätigen. Als ich mit ihm gesprochen habe, hatten sie sich noch nicht getrennt. Und er hat ein Alibi. An dem Abend, an dem sie starb, war er in der Stadt, um seine kranke Großmutter zu besuchen."

„In der Stadt?" Seb tippte sich ans Kinn und bewegte den Kopf von einer Seite zur anderen, während er Nicks Gesicht studierte. „Er kommt mir irgendwie bekannt vor."

Meine Augenbrauen schossen in die Höhe. „Du kennst ihn? Du kennst Nick Davidson?"

Seb schüttelte den Kopf. „Den Namen kenne ich nicht, tut mir leid, aber sein Gesicht … Ich bin mir ziemlich sicher, dass ich ihn schon einmal gesehen habe. Dieses Haar und der Knochenbau fallen eher auf."

„Du sagst also, dass du dich an einen schwarzen Jungen mit langen Haaren erinnern kannst, an dem du vielleicht in der Stadt vorbeigelaufen bist?" Ich starrte ihn ungläubig an. Nick hatte sehr markante Züge, aber das reichte nicht aus, um mich an ihn zu erinnern, wenn ich auf der Straße an ihm vorbeigegangen wäre.

Seb grinste. „Nicht in der Stadt im Allgemeinen, aber ich habe ihn vielleicht in einem Nachtclub gesehen, in dem ich oft bin."

Ich schnappte nach Luft. „Ein Nachtclub für Schwule? Willst du damit sagen, dass Nick Davidson schwul ist?"

Seb hob beide Hände. „Das sage ich ganz und gar nicht! Ich will damit sagen, dass ich den Kerl vielleicht im The Manor gesehen habe. Vielleicht ist er es nicht einmal. Und er ist vielleicht nicht schwul. Ob du es glaubst oder nicht, auch Heteros besuchen Schwulenbars."

„Richtig, ja, natürlich. Ich weiß, dass ich keine voreiligen Schlüsse ziehen sollte."

„Ach, tust du das?", zog Ben mich auf. Er hatte unser Gespräch von der Tür aus verfolgt. Ich warf ihm einen irritierten Blick zu und drehte dann den Kopf in Richtung des Computers. Seb hatte unsere Suche gerade erheblich eingegrenzt. Wenn es Nick Davidson war, den er im The Manor gesehen hatte, konnte Ben die Aufnahmen der Überwachungskameras überprüfen und sein Alibi bestätigen.

„Nun", ich stemmte die Arme in die Seiten und strahlte Seb an, „danke für die Information. Ich werde der Sache gleich nachgehen. Also ..." Ich ließ meinen Satz unbeendet.

„Also, raus mit dir, damit du dich an die Arbeit machen kannst?", beendete Seb ihn und verzog den Mund zu einem frechen Grinsen.

„Du hast es erfasst."

„Okay, Audrey Fitzgerald, dann überlasse ich

dich jetzt mal wieder dir selbst." Er beugte sich vor, bis sein Mund praktisch mein Ohr berührte. „Bis dann, Ben!"

„Bis dann", meinte Ben abwesend, während er mit der Hand in meinem Computer nach Hinweisen auf Nicks Aufenthaltsort in der Stadt suchte.

„Er sagt Bye", meinte ich. „Ich sage dir wegen des Balls Bescheid."

KAPITEL 9

„Was hast du getan?" Joan Lewis stürmte über den Bürgersteig vor Nicks Wohnung, die Haare zerzaust, die Verzweiflung ins Gesicht geschrieben. „Molly ist tot, und du hast sie getötet!"

Ich hatte Nick erwischt, als er gerade das Haus verlassen wollte, und wir standen neben seinem schrottreifen Auto, als plötzlich Joan wie eine Furie aufgetaucht war.

„Das ist doch Unsinn", widersprach Nick. „Ich habe Molly geliebt."

Die Ohrfeige ließ seinen Kopf nach hinten schnellen, das Geräusch war laut und hart.

„Hey!", protestierte ich und trat zwischen die beiden, eine Hand auf Nicks Brust, die andere auf

Joan gerichtet, um sie von ihm fernzuhalten. „Das ist absolut unnötig."

„Mein Mädchen liegt in der Leichenhalle. Halten Sie das für nötig?", kreischte Joan. „Molly ist gestorben. Bei einem Autounfall. Nur dass sie nicht am Steuer gesessen hatte."

Okay, die Polizei hatte es ihr also erzählt. Und jetzt war sie eine Bärenmutter auf dem Kriegspfad.

„Ich war das nicht! Ich hätte ihr niemals wehgetan, ich schwöre es!", jammerte Nick.

„Bitte, Mrs Lewis, das ist alles andere als hilfreich." Ich legte den Arm um die Schultern der Frau und führte sie von Nick weg. „Lassen wir die Polizei sich darum kümmern, okay?"

„Er hat meine Tochter getötet", weinte sie. „Damit darf er nicht durchkommen."

„Nick war in der Nacht, in der sie gestorben ist, nicht in Firefly Bay", erklärte ich ihr.

„Er lügt. Sie hat gesagt, dass sie sich an diesem Abend mit ihm treffen wollte", beharrte Joan.

Das mochte Molly ihrer Mutter erzählt haben, aber es war nicht die Wahrheit gewesen, und ich hatte die Beweise, um es zu bestätigen. Nicht, dass Joan irgendetwas davon hören wollte.

„Was ist hier los?" Galloway hielt neben uns an, der Motor dröhnte, die Fensterscheibe war heruntergekurbelt, sein Ellbogen ruhte in der Autotür.

„Mrs Lewis wollte gerade gehen", versicherte ich ihm und schaute kurz zu Nick, der auf dem Bürgersteig stand und uns anstarrte.

„Ich hoffe, Sie sind hier, um ihn zu verhaften", keifte sie und warf Nick einen letzten hasserfüllten Blick zu, bevor sie zu ihrem Auto zurückkehrte. Ich hatte nicht bemerkt, dass sie mir darin gefolgt war – aber das hätte ich tun müssen, da sie direkt hinter mir angehalten hatte.

„Du hast ihr gesagt, dass er ein Verdächtiger ist?" Galloway hob eine Augenbraue.

„Nein. Sie ist überzeugt, dass Nick Davidson ihre Tochter getötet hat. Das hat sie mir gleich gesagt, als sie mich engagiert hat."

„Und du glaubst ihr?"

„Nein, eigentlich nicht."

„Oh? Warum nicht?"

„Weil er ein Alibi hat." Ich beugte mich nach unten, stützte die Unterarme auf das Autodach und erzählte ihm, was wir herausgefunden hatten.

„Hm", murmelte Galloway und tippte mit dem Daumen auf das Lenkrad. „Vielleicht sollten wir mit ihm reden?"

Ich nickte. „Das war mein Plan, bevor Joan

auftauchte." Es war kein Zufall, dass Galloway gerade jetzt vorgefahren war. Er war wie ich hier, um mit Nick zu sprechen.

„Haben Sie eine Ahnung, mit wem Molly an dem Abend, an dem sie starb, zusammen gewesen sein könnte?", fragte Galloway Nick, nachdem er sein Auto geparkt und zu uns auf den Bürgersteig gekommen war.

„Nein", sagte Nick. Sein Kiefer malmte.

„Warum haben Sie nicht gesagt, dass Sie im The Manor waren?", fragte Galloway.

„Wie bitte?" Nick schaute von Galloway zu mir und wieder zu ihm.

„Wir haben die Aufnahmen der Überwachungskameras gesehen. Wir haben Sie gesehen", fügte ich hinzu.

„Wir wissen, was das für ein Club ist, Nick", fuhr Galloway fort. „Wir wissen, dass Sie an dem Abend, an dem Molly starb, dort waren."

„Meine Familie weiß es nicht." Nick verzog das Gesicht und schaute in Richtung des Hauses. Das Haus, in dem er mit seinen Eltern lebte. „Bitte sagen Sie es ihnen nicht. Sie würden mich umbringen."

„Wir werden Ihrer Familie nichts sagen", versicherte ihm Galloway. „Fangen wir noch einmal von vorne an, okay? Aber diesmal bitte die Wahrheit."

„Ich war bis etwa vier Uhr im The Manor", gab Nick zu und scharrte mit dem Fuß über den Boden.

„Wusste Molly, dass Sie schwul sind?", wollte ich wissen.

„Sie war die Einzige in Firefly Bay, die es vermutet hat. Sie meinte, sie würde meine Tarnung sein. Damit es so aussieht, als ob ich hetero wäre."

„Warum?"

„Sie wollte auch eine Tarngeschichte. Sie war mit jemandem zusammen."

„Mit wem?"

„Ich weiß es nicht. Sie wollte es mir nicht sagen." Er hob den Rucksack auf, der zu seinen Füßen lag, und schwang ihn über die Schulter. „Kann ich jetzt gehen? Ich muss zur Arbeit."

„Natürlich." Galloway gab ihm ein Zeichen, dann legte er den Arm um meine Schultern und wir schlenderten langsam zurück zu meinem Auto.

„Ich glaube, wir müssen Mollys Zimmer durchsuchen", meinte ich. „Das Mädchen hatte eindeutig Geheimnisse."

„Das wird Joan Lewis nicht gefallen." Galloway verzog das Gesicht. „Sie ruft uns ständig an und fragt, wie es weitergeht. Es wird ihr definitiv nicht gefallen, wenn wir in ihrem Haus herumschnüffeln."

„Ich frage mich, welches Geheimnis so groß war, dass Molly es vorzog, ihre Mutter glauben zu lassen, sie wäre mit Nick zusammen – einem Mann, den ihre Mutter eindeutig missbilligte –, anstatt ihr die Wahrheit zu sagen", meinte ich. Und dann fiel der Groschen. „Dean Ackerman!"

„Wer ist Dean Ackerman?"

„Er ist examinierter Krankenpfleger im Pflegeheim von Firefly Bay. Und einer von Mollys Vorgesetzten. Und er hatte eine Affäre mit Mollys bester Freundin, Angela."

„Du warst ziemlich fleißig." Galloway drückte mich kurz. „Du denkst, dieser Ackerman hatte auch eine Affäre mit Molly? Deshalb war es für sie in Ordnung, dass die Leute dachten, sie sei mit Nick zusammen?"

„Das ist eine Möglichkeit." Und definitiv ein Grund, warum Molly ihre Mutter anlügen würde.

„Gute Arbeit, was Nicks Alibi betrifft", meinte Galloway und passte seinen längeren Schritt an meinen kürzeren an. „Wie hast du das gemacht?"

„Oh, das war Seb!"

„Seb?"

„Er hat mir heute Morgen meinen Kaffeebecher

zurückgebracht und zufällig die Mordtafel und ein Foto von Nick gesehen und ihn wiedererkannt."

„Seb geht in eine Schwulenbar?"

Ich nickte. „Ja. Weil er schwul ist."

Galloway verzog die Mundwinkel und schüttelte den Kopf. „Mann, das ist mir gar nicht aufgefallen."

„Ja, mir auch nicht. Aber wie sich herausgestellt hat, ist Seb schwul. Er hat Nick wiedererkannt, uns den Namen des Clubs genannt und Ben hat das Videomaterial der Überwachungskameras überprüft. Nick war an dem Abend, an dem Molly starb, definitiv dort. Aber du musst natürlich den offiziellen Weg gehen, dir einen Durchsuchungsbeschluss für das Filmmaterial besorgen und so weiter."

Galloway grinste. „Natürlich."

„Oh. Kurze Anmerkung. Seb möchte wissen, ob wir ihn morgen Abend als Anstandswauwaus beim Grundschulball begleiten wollen."

„Als Anstandswauwaus bei einem Grundschulball? Da muss ich passen."

„Was? Magst du keine Kinder?"

„Ich liebe Kinder. Aber ich kann mir schönere Dinge vorstellen, die wir zusammen in unserer Freizeit machen könnten, als einen Haufen Kinder zu beaufsichtigen. Außerdem, ist das nicht Sebs Aufgabe?"

„Weißt du, trotz all seiner Extrovertiertheit und seinem Tamtam glaube ich, dass er nur ein freundliches Gesicht sucht. Ich meine, sie lassen ihn diese Kinder beaufsichtigen, obwohl er offiziell noch gar nicht dort angefangen hat. Er kennt diese Kinder noch nicht einmal."

„Nun, das sollte er mit der Schule klären."

„Gutes Argument." Wir hatten inzwischen mein Auto erreicht und ich drehte mich um, schlang die Arme um Galloways Hals und stellte mich auf die Zehenspitzen, um ihm einen Kuss zu geben. „Du bist heute Morgen schon sehr früh gegangen."

Er erwiderte meinen Kuss begeistert. „Mmmm", murmelte er. „Du hast geschlafen wie ein Stein. Und nach deiner harten Nacht dachte ich, ich lasse dich lieber ausschlafen."

„Wie edelmütig von dir." Ich grinste.

„Das dachte ich auch", stimmte er mir zu und wir mussten beide lachen. Dann hörte ich es. Das Wort *Engel* wehte im Wind, umhüllte mich und jagte mir einen Schauer über den Rücken.

„Was ist los?" Galloway trat einen Schritt zurück und sah mich besorgt an.

Ich schüttelte den Kopf. „Alles in Ordnung.

Meine zwölf Geister haben mich nur wieder eingeholt. Ich wünschte, ich wüsste, was sie von mir wollen. Ich wünschte, ich wüsste, warum sie immer wieder Engel sagen."

„Sie reden immer noch nicht?"

„Neeeein." Ich seufzte. „Und ich konnte nichts über sie herausfinden. Ben hat die Unterlagen des Altersheims überprüft. Keine Übereinstimmungen."

„Hast du es im Krankenhaus versucht?"

„Das ist vermutlich gar keine schlechte Idee. Ich werde Ben bitten, dort vorbeizuschauen und zu prüfen, ob es in letzter Zeit Todesfälle gegeben hat, die zu unseren Geistern passen. Es sind nur … zwölf Tote. Zwölf ältere Tote. Das schreit doch nach Altersheim, oder?"

„Wie wäre es mit einer Art Seniorenurlaub oder so etwas?", schlug Galloway vor und ich starrte ihn mit offenem Mund an. Warum hatte ich nicht daran gedacht?

„Du bist ein Genie!" Ich küsste ihn noch einmal, dann öffnete ich meine Autotür. „Ich muss los. Wenn ich ihnen einen Schritt voraus bin, komme ich vielleicht sogar in meinen Fällen weiter."

„Fällen? Im Plural?"

„Ja. Molly", ich hielt einen Finger hoch, „und die zwölf Geister." Ich hielt einen zweiten Finger hoch.

„Fahr vorsichtig." Galloway stand grinsend und winkend auf dem Gehweg und schaute zu, wie ich losfuhr und ihn im Rückspiegel sah, als die zwölf Geister am Ende von Nicks Straße auftauchten.

„Okay, okay, denk nach", sagte ich zu mir selbst, während ich davonfuhr. „Nick ist raus. Er kann Molly nicht getötet haben. Aber Molly hat ihre Mutter wegen des Treffens mit Nick an diesem Abend angelogen. Mit wem hat sie sich also getroffen? Mit einem heimlichen Liebhaber? Mit einem Liebhaber, der nicht mehr lange geheim bleiben würde, da Molly Sharon gesagt hatte, dass sie mit Nick Schluss machen wollte. Oder war das auch eine Lüge gewesen? Und falls das Mollys Plan gewesen wäre, hätte sie sicherlich mit Nick darüber gesprochen, da ihre Beziehung ja keine richtige Beziehung war, oder? Was hattest du vor, Molly Lewis?"

Die Titelmelodie von *Ghostbusters* dröhnte aus meinem Telefon. Ich nahm den Anruf über die Freisprechanlage an.

„Audrey, Schatz, ich bin's, Mom."

„Hey, Mom. Was ist los?"

„Ich wollte dich nur daran erinnern, dass Dad morgen Geburtstag hat. Familienessen bei uns zu Hause."

„Das habe ich nicht vergessen", log ich und biss die Zähne zusammen. „Wir gehen nicht zum Essen ins Delgorno?" Wir feierten Dads Geburtstag jedes Jahr in seinem italienischen Lieblingsrestaurant.

„Mehr oder weniger. Wir bestellen uns dort etwas. Sie liefern inzwischen auch aus. Das ist viel einfacher, wenn all unsere Enkelkinder da sind."

„Natürlich." Das konnte ich gut verstehen. Meine Schwester hatte ein Kleinkind und ein Baby, Isabelle und Grace. Mein Bruder hatte zwei Kleinkinder, Madeline und Nathaniel. Wir befanden uns in einer Phase, in der Familientreffen chaotisch waren, vor allem, weil Madeline sich in der Zeit zwischen zwei und vier Jahren befand – dem magischen Alter, in dem sich die schrecklichen vierundzwanzig Monate wie ein Jahrzehnt anfühlten. So sehr ich den kleinen Zwerg auch liebte, ihre Wutanfälle waren gigantisch. Sie davon zu überzeugen, beim Familienessen still zu sitzen? Unmöglich.

„Soll ich etwas mitbringen?", fragte ich pflichtbewusst, obwohl ich wusste, dass sie Nein sagen würde.

„Nur Kade." Ich konnte das Lächeln in Moms Stimme hören.

„Wird erledigt."

„Wir sehen uns dann morgen Abend. Gegen achtzehn Uhr.“

„Bis dann, Mom.“ Ich beendete den Anruf und fuhr in Richtung Sugar Maple Lane. Es war inzwischen ein Running Gag, dass ich meinem Vater jedes Jahr dasselbe Geburtstagsgeschenk kaufte, aber was soll's, er wollte es so, und ich tat ihm diesen Gefallen gern – zumal er zu den Männern gehörte, die, wenn man sie fragte, sagten, sie wünschten sich nichts. Also kaufte ich ihm jedes Jahr eine hundert Dollar teure Flasche Single Malt Scotch Whisky. Das passte zu uns beiden.

Ich hielt vor dem Spirituosengeschäft und eilte hinein, wobei ich fast Angela Brady über den Haufen gerannt hätte.

„Vorsicht!“ Sie taumelte zur Seite, als sich unsere Schultern berührten, und ich prallte mit einem atemlosen „Tut mir leid!“ in die andere Richtung ab.

Ich konnte mich tatsächlich noch fangen, bevor ich in einer beeindruckenden Weinauslage gelandet wäre.

„Oh, hallo, Angela“, meinte ich, als ich erkannte, mit wem ich zusammengestoßen war. „Wie schön, Sie hier wiederzusehen.“

Sie starrte mich an, als ob sie herausfinden wollte, wer ich war.

„Audrey Fitzgerald, Privatdetektivin“, meinte ich.

Die Erkenntnis dämmerte.

„Oh, richtig, ja, ja.“ Sie nickte und umklammerte die braune Papiertüte in ihrer Hand fester. „Das war ein langer Tag.“

„Das glaube ich gern.“ Es war noch nicht einmal Mittag und schon deckte sie sich mit Spirituosen ein. Aber schließlich hatte sie sich gerade von ihrem verheirateten Liebhaber getrennt und ihre beste Freundin war gestorben. Ich konnte es ihr also nicht wirklich verübeln, obwohl sie nicht das Wrack war, das ich an ihrer Stelle gewesen wäre. Nein, Angela Brady war tadellos gepflegt, jedes Haar war an seinem Platz. Saubere Jeans, eine faltenfreie Bluse und eine elegante Leinenjacke vervollständigten den Look. Sie könnte glatt aus einem Modemagazin entsprungen sein.

„Tatsächlich bin ich froh, dass ich Sie hier treffe“, meinte ich. „Ich habe nämlich eine Frage.“

„Aha?“ Sie schaute sich um und wünschte sich offensichtlich, woanders zu sein.

„Ist es möglich, dass Dean auch andere … Affären hatte?“

Ihr Mund verzog sich und sie zuckte mit den Schultern. „Diese Frage sollten Sie ihm stellen.“

„Oh, das werde ich. Ich habe mich nur gefragt, ob Molly eine von ihnen war?"

Angela schnaubte. „Molly und Dean? Das bezweifle ich sehr. Sie mochte ihn nicht. Sie hat mich ständig gewarnt und gemeint, ich solle mich von ihm fernhalten."

„Aber war das nicht, weil er verheiratet war?"

„Das, neben anderen Dingen."

„Welchen anderen Dingen?"

„Sie meinte nur, man könne ihm nicht trauen."

„Waren Sie mit ihrer Einschätzung einverstanden?"

„Nun, er betrügt eindeutig." Sie schniefte. „Und wahrscheinlich ist er abhängig."

Meine Augenbrauen schossen in die Höhe. „Abhängig? Sie meinen von Drogen oder so?"

Sie atmete hörbar aus. „Hören Sie, Sie müssen wirklich mit ihm darüber reden. Ich weiß nur, dass er so ziemlich jedes Mal, wenn ich mit ihm zusammen war, irgendeine Pille geschluckt hat."

„Ohhh, Sie meinen eine blaue Pille? Für … Sie wissen schon."

Angela lachte. „Nein, kein Viagra. Er hat starke Rückenschmerzen und nimmt ständig Schmerzmittel. Hören Sie, ich muss jetzt los. Ich habe nachher eine Verabredung."

„Eine Verabredung? Sie haben doch erst heute Morgen mit Dean Schluss gemacht!" Ich blinzelte überrascht.

Ein weiterer schwerer Seufzer. „Dean war anfangs lustig gewesen. Aber dann wurde er langweilig. Ich habe nichts in unsere *Beziehung* investiert, falls man das überhaupt so nennen kann. Also, ja, ich habe sie beendet. Wie ich heute Morgen zu Dean gesagt habe, habe ich nicht vor, zu Hause zu sitzen und Trübsal zu blasen, auch wenn er das vielleicht hofft."

„Sie waren nicht in ihn verliebt."

Sie lachte. „Weit gefehlt. Dean war ein Mittel zum Zweck. Wie ein juckender Mückenstich, an dem man einfach kratzen muss. Er träumte davon, seine Frau zu verlassen und für immer mit mir zusammen zu sein, aber das wird niemals passieren." Bevor ich weitere Fragen stellen konnte, drehte sie sich auf dem Absatz um und ging hinaus.

„Das war knapp." Reece, ein Angestellter im Burning Kite grinste hinter dem Tresen des Spirituosenladens hervor. „Ich dachte, du würdest mal wieder ein Regal zum Umstürzen bringen."

Ich schniefte. „Das ist mir nur einmal passiert."

„Zweimal", korrigierte er mich.

„Es ist unhöflich, mitzuzählen", meinte ich und schlenderte zum Tresen hinüber.

„Was kann ich denn heute für dich tun, Audrey?"

„Dad hat morgen Geburtstag."

„Ah." Reece nickte. „Zehn Jahre alter Single Malt Scotch Whisky?"

Ich war gerührt, dass er sich daran erinnerte. „Du hast es erfasst."

Während Reece meinen Einkauf abrechnete, dachte ich über mein Gespräch mit Angela nach. Sie hatte es selbst gesagt: Sie hat nichts in ihre Beziehung zu Dean investiert, was bedeutete, dass sie kein Motiv hatte, ihrer Freundin Molly den Tod zu wünschen. Das hieß aber nicht, dass Molly und Dean nicht auch eine Beziehung gehabt haben könnten. Es bedeutete nur, dass Angela es entweder nicht wusste oder dass es ihr egal war. Aber in Anbetracht dessen, was Molly für Dean empfand, wäre er eine seltsame Wahl gewesen.

„Ich werde wirklich mit Dean reden müssen", murmelte ich.

„Mit welchem Dean?", fragte Reece und reichte mir die Flasche Whisky in einer braunen Papiertüte, auf der ein flammender roter Drachen prangte.

„Oh, entschuldige, ich führe mal wieder Selbstgespräche", entschuldigte ich mich mit einem

Lächeln. „Danke, Reece. Ich wünsche dir noch einen schönen Tag."

„Den wünsche ich dir auch, Audrey. Und versuche, niemanden umzurennen."

Ich lachte und winkte kurz, während ich den Laden verließ und zu meinem Auto zurückging, als gerade die zwölf Geister um die Ecke kamen. Wurden sie allmählich schneller?

Doch dann kam mir ein Gedanke. Die Geister waren mir nicht ins Pflegeheim von Firefly Bay gefolgt. Und da Dean dort arbeitete, war jetzt ein guter Zeitpunkt, um mit dem örtlichen Schürzenjäger zu sprechen. Ohne Geister.

# KAPITEL 10

Auf dem Weg zum Seniorenheim war mir eingefallen, dass Dean Nachtschicht hatte und deshalb am Samstagmittag nicht auf der Arbeit sein würde. Ich musste mich also einfach mit meiner Geistersituation abfinden und durchhalten. Nun saß ich wieder an meinem Schreibtisch vor dem Computer und versuchte, weitere Verbindungen zu Molly zu finden und zu erfahren, wer sie umbringen wollte. Natürlich war diese Liste ziemlich kurz. Nick hatte ein Alibi. Angela hatte kein Motiv. Dean war mein Hauptverdächtiger. Ich ließ gerade seinen Namen durch eine meiner Datenbanken laufen und suchte nach seiner Adresse und allem anderen, was von Interesse sein könnte.

„Was ist mit Deans Frau?", schlug Ben vor und beugte sich über meine Schulter.

Ich lehnte mich in meinem Stuhl zurück und strich mir über das Kinn. „Weißt du, das ist gar keine schlechte Idee. Sagen wir, Molly und Dean haben ein kleines Stelldichein und Deans Frau erfährt davon. Das ist das Motiv."

„Du weißt schon, dass dieses Motiv nicht auf Fakten basiert. Wir wissen nicht, ob Molly und Dean überhaupt ein Paar waren."

„Stimmt." Ich gähnte. „Und Angela hat mir erzählt, dass Molly Dean nicht ausstehen konnte."

„Sie könnte auch nur so getan haben, um Angela in die Irre zu führen."

„Aber nach dem, was ich bisher von Molly weiß, scheint sie ein wirklich nettes Mädchen gewesen zu sein. Nicht der Typ, bei dem ich eine Affäre mit dem Freund ihrer besten Freundin erwarten würde. Der zufällig auch noch verheiratet ist", fügte ich hinzu. Molly wirkte auf mich einfach nicht wie diese Art von Mensch. „Ich wünschte wirklich, ihr Geist wäre hier."

„Du hast doch die da." Ben zeigte mit dem Daumen in Richtung der zwölf Geister, die hinter uns schwebten. Sie waren selig still – bis jetzt. Ich betete, dass sie es auch blieben. Und ich betete, dass ich ihre Geschichte herausfinden und ihnen helfen konnte, weiterzugehen, bevor ich morgen Abend bei meinen Eltern zu Abend aß.

„Da fällt mir etwas ein", sagte ich zu Ben. „Galloway hatte eine gute Idee."

„Inwiefern?"

„Was diese Gestalten betrifft. Eine Seniorenreise oder eine Kreuzfahrt oder so etwas. Sie waren alle zusammen unterwegs und der Bus ist verunglückt, wobei sie alle ums Leben kamen. Das würde zwölf Todesfälle zur gleichen Zeit erklären."

„Das wäre doch sicher in den Nachrichten gekommen", sagte Ben.

„Engel!", schrien die Geister regelrecht und jagten mir einen Riesenschrecken ein.

„Oh Mann!", schrie ich zurück, die Hand auf meinem klopfenden Herzen. „Hört ihr wohl auf damit! Wenn ich an einem Herzinfarkt sterbe, kann ich euch nicht mehr helfen!"

Wütend schoss ich von meinem Stuhl auf und stapfte in die Küche. „Es gibt nicht genug Kaffee auf der Welt, um mit diesem Haufen fertig zu werden", grummelte ich vor mich hin, stellte einen Becher unter die Kaffeemaschine und drückte auf den Knopf.

„Fitz?“ Ben kam vorsichtig näher. „Es sieht dir gar nicht ähnlich, so die Beherrschung zu verlieren.“

Ich ließ den Kopf hängen. „Ich weiß. Tut mir leid. Ich bin nur …“ Ich hob die Arme und ließ sie gleich wieder sinken. „Ich bin frustriert. Ich weiß nicht, wie ich ihnen helfen kann.“

„Ist schon gut. Wir finden das schon noch heraus. Das tun wir immer.“ Er trat vor und hüllte mich in eine eiskalte Geisterumarmung, und ich ließ ihn gewähren. Die Kühle war seltsam wohltuend. Ich schloss die Augen und wünschte mir für einen kurzen Moment, er wäre wieder hier bei mir. Lebendig.

„Hey.“ Er trat zurück und schaute mir ins Gesicht. „Sind das Tränen?“

Ich blinzelte hastig. „Nein.“ Meine Sicht verschwamm und ich schaute wieder zur Kaffeemaschine. Das war nur der Schlafentzug. Er machte einen total emotional und so.

„Ich sag dir was: Ich gehe alle Nachrichtensender durch und sehe nach, was ich tun kann, um die Identität dieser Geister herauszufinden“, meinte Ben hinter mir. „Du konzentrierst dich auf Molly.“

„Okay.“ Es wäre so viel einfacher, wenn die zwölf Geister wenigstens mit uns sprechen und uns ihre Namen sagen würden.

„Fitz? Hör auf, dir Sorgen zu machen. Trink deinen Kaffee und sprich dann mit Dean oder mit seiner Frau."

Ich riss mich zusammen und drehte mich mit einem Lächeln im Gesicht zu ihm um. „Du hast recht."

„Ich habe immer recht."

„Nicht immer."

„Sag mir, wann ich das nicht hatte." Er verschränkte die Arme vor der Brust und hob eine Augenbraue.

„Oh, da kann ich dir mehrere Momente sagen." Ich ahmte seine Haltung nach, suchte in Gedanken nach einem Beispiel und fand keines. Dann wurde eine Erinnerung wach und ich schnippte mit den Fingern. „Du warst sechzehn und fest davon überzeugt, dass Mindy Whittaker in dich verliebt wäre!" Ich zeigte triumphierend auf ihn.

Er blinzelte. „Daran erinnerst du dich?"

Mir entging der Farbtupfer nicht, der sich über seine Wangenknochen schlich. Wer hätte gedacht, dass Geister rot werden konnten?

Ich musste laut lachen. „Sie war deine Lehrerin und du warst total verknallt. Das würde ich niemals vergessen."

Ben schüttelte den Kopf. „Das kommt davon,

wenn man erwachsen wird und sich mit seinen Nachbarn anfreundet", schimpfte er.

„Es gibt nicht viel, was ich nicht über dich weiß, Ben Delaney", meinte ich lachend.

„Vergiss nicht, dass ich das Gleiche über dich sagen kann, Audrey Fitzgerald", neckte er. Er hatte natürlich recht. Wir waren nebeneinander aufgewachsen und seit unserer Kindheit befreundet. Ich kannte alle Geheimnisse von Ben, aber leider kannte er auch meine. Die Guten, die Schlechten und die Hässlichen. Ganz zu schweigen von den Peinlichen, und davon gab es bei meinem Tollpatsch-Gen jede Menge.

„Ja, aber du bist ein Geist. Wem willst du sie verraten?", schoss ich zurück.

„Verdammt! Gutes Argument." Dann brachen wir beide in Gelächter aus. Ich lachte so sehr, dass mir die Rippen wehtaten und ich mir vielleicht auch ein bisschen in die Hose machte. Es fühlte sich gut an. Also der lachende Teil, nicht der pinkelnde Teil.

„Ich habe eine Idee", meinte ich kichernd und wischte mir die Lachtränen aus den Augen. „Was, wenn Deans Frau Molly mit Angela verwechselt hat?"

Ben hörte auf zu lachen und sah mich an, sein

Gesicht wandelte sich von fröhlich zu ernst. „Weißt du was? Das klingt plausibel", sagte er.

Ich wurde ebenfalls schlagartig ernst. „Ja, nicht? Vorausgesetzt, dass sie – wie heißt sie? Katherine? – Deans Arbeitskollegen nicht kennt."

„Mach dich etwas frisch und dann fahr hin", befahl Ben.

„Erst der Kaffee."

„Okay." Er seufzte mit einer theatralischen Geste. „Erst der Kaffee."

Dean und Katherine Ackerman lebten in einem gewöhnlichen Haus in einem typischen Vorort. Als ich vor dem Haus anhielt, nahm ich mir einen Moment Zeit und betrachtete die Reihe der fast identischen Häuser.

„Woran denkst du?", fragte Ben vom Beifahrersitz aus. Er hatte sich in letzter Minute entschlossen, mich zu begleiten, und mir hatte die Energie gefehlt, mich dagegen zu wehren. Meine zwölf Geister gingen nirgendwohin … außer dass sie mir im Schneckentempo folgten. Wenn ich es also richtig anstellte, könnte ich hineingehen, mit einem der beiden Ackermans sprechen und wieder herauskommen, bevor sie auftauchten.

„Oh, nur daran, wie … langweilig die Häuser aussehen. Nein. Nicht langweilig. Nur … so gleich. Wenn ich hier wohnen würde, würde ich wahrscheinlich ständig ins falsche Haus laufen."

„Bezahlbarer Wohnraum", meinte Ben und folgte meinem Blick.

„Okay, dann mal los." Ich öffnete die Autotür und schlüpfte hinaus. „Du gehst rein und schaust dich um?"

„Auf jeden Fall." Ben begleitete mich bis zur Haustür der Ackermans, ging dann aber einfach durch sie hindurch, während ich anklopfte. Ich stand auf der Veranda und wartete. Und wartete. Ich klopfte erneut, diesmal etwas lauter. Dean hatte Nachtschicht, was bedeutete, dass er jetzt zu Hause sein und wahrscheinlich schlafen sollte, aber ich hatte keine Skrupel, ihn zu wecken. Nicht, wenn er der Mörder – oder seine Frau die Mörderin – von Molly war.

„Du kannst aufhören zu klopfen. Es ist niemand zu Hause." Ben trat durch die Eingangstür und zwang mich, hastig einen Schritt zurückzutreten. Ein großer Fehler. Ich fiel von der Veranda und landete mit dem Hintern auf dem Rasen.

„Autsch." Ich fluchte, während ich wieder auf die Beine kam und mir den schmerzenden Po rieb.

„Sorry! Alles okay?"

„Klar, nur ein weiterer blauer Fleck in meiner Sammlung." Das war mein Lieblingswitz nach einem meiner Stürze.

„Deine Ungeschicklichkeit wird schlimmer, wenn du müde bist", meinte Ben.

„Ich weiß." Ich gähnte. „Vielleicht mache ich ein Nickerchen und komme später zurück, um es noch einmal bei den Ackermans zu versuchen. Ich frage mich allerdings, wo sie sind."

„Katherine ist wahrscheinlich bei der Arbeit", sagte Ben. „Aber ich hatte erwartet, einen schlafenden Dean vorzufinden. Du meintest, er hatte Nachtschicht, zusammen mit Angela."

„Korrekt. So steht es im Dienstplan." Ich hatte dasselbe erwartet.

„Ob er wohl mit Angela zusammen ist?"

Ich runzelte die Stirn. „Das bezweifle ich. Ich habe gesehen, wie sie sich getrennt haben. Und das war keine Showeinlage nur für mich. Sie wussten nicht, dass ich sie sehen konnte", fügte ich schnell hinzu, als Ben den Mund öffnete, um mich zu unterbrechen.

„Vielleicht eine andere Freundin?", schlug er vor.

„Woher nimmt er bloß die Energie?" Ich gähnte erneut und blinzelte. Meine Augen fühlten sich langsam an, als hätten sie in Sand gebadet.

„Komm, wir bringen dich nach Hause, damit du ein Nickerchen machen kannst. Du schläfst ja bald im Stehen ein."

„Deine beste Idee für heute." Ich war gerade losgefahren, als mein Telefon klingelte und Galloways Name auf dem Display aufleuchtete.

Ich drückte die Taste für die Rufannahme an meinem Lenkrad. „Hey", begrüßte ich ihn.

„Hey", antwortete er, und dann hörte ich im Hintergrund ein Geräusch.

„Wo bist du? Was ist los?" Ich hörte eine Frau schreien, konnte aber ihre Worte nicht verstehen.

„Bleib kurz dran. Ich gehe nach draußen." Ich wartete, konnte Galloways Schritte und andere gedämpfte Geräusche hören, als er sich von der schreienden Frau entfernte. „Tut mir leid", meinte er schließlich.

„Wer war das?"

„Joan Lewis."

„Mann, sie scheint nicht glücklich zu sein." Ich wusste, dass ich auf das Offensichtliche hinwies, aber ich konnte es mir trotzdem nicht verkneifen.

„Was ist passiert? Gibt es einen Durchbruch in dem Fall?“

„Nein, nichts dergleichen. Erinnerst du dich, dass wir heute Morgen darüber gesprochen haben, dass Molly Geheimnisse hatte?“

„Ja.“

„Nun, ich dachte, ich spare etwas Zeit und frage Joan, ob wir Mollys Zimmer durchsuchen dürfen.“

„Ohne Durchsuchungsbeschluss?“

„Ja. Ich meine, ich würde problemlos einen bekommen. Molly wurde schließlich Opfer eines Verbrechens. Aber ich dachte, dass Joan den Mörder erwischen will und sie uns ohne Beschluss hereinlassen würde.“

„Ich nehme an, dein Plan hat nicht funktioniert?“

„Sie verlangt einen Durchsuchungsbeschluss.“

„Okay.“ Ich zuckte mit den Schultern. Es war Joans gutes Recht, einen zu verlangen. Ich war zwar überrascht, dass sie die Polizei nicht hereinlassen wollte, aber das war ebenfalls ihr gutes Recht. „Und warum hast du mich angerufen?“

„Sie sagte, dass du – und nur du – herkommen und Mollys Zimmer durchsuchen darfst.“

„Aber ich bin nicht von der Polizei.“

„Du sagst es.“

Ich biss mir auf die Lippe. „Wenn ich das tue …

wenn ich Mollys Zimmer durchsuche und etwas finde, würde man das als Behinderung der polizeilichen Ermittlungen ansehen?"

„Sehr gut, Fitz." Ben nickte wie ein Wackeldackel neben mir.

„Nur wenn du uns nicht sagst, was du gefunden hast", antwortete Galloway.

„Und alle Beweise aushändige, nehme ich an?"

„Korrekt."

Ich zögerte und überlegte, was ich als Nächstes tun sollte. Galloway bat mich im Grunde darum, die Durchsuchung im Auftrag der Polizei durchzuführen. Das konnte ich zwar durchaus tun, aber ich hatte auch eine Verpflichtung meiner Klientin gegenüber.

„Ich sage dir, was du meiner Meinung nach tun solltest", meinte Ben, der offenbar meine Gedanken lesen konnte. „Fahr jetzt zu Joan. Aber die Polizei darf nicht dort bleiben – Galloway und sein Team sollen gehen. Wenn die Polizei im Vorgarten kampiert, während sie auf einen Durchsuchungsbeschluss wartet, wird die Situation nur noch schlimmer. Das verschafft dir einen gewissen Spielraum, falls du etwas findest."

„Warte kurz", sagte ich zu Galloway und flüsterte Ben zu: „Meinst du, ich finde etwas?"

„Du nicht?"

„Ich denke schon. Ich kann also von allem, was ich finde, eine Kopie oder ein Foto oder was auch immer machen, *bevor* ich es der Polizei gebe?"

Ben nickte erneut. „Richtig."

Ich sprach wieder lauter, damit Galloway mich hören konnte. „Okay, gut, ich bin auf dem Weg. Sag Joan, dass ich komme, aber ihr müsst alle verschwinden. Sie klang ziemlich hysterisch."

„Wir sind gleich weg", versicherte Galloway. „Es wird sowieso eine Weile dauern, bis ein Richter am Wochenende einen Beschluss unterschreibt. Ich sage Joan Bescheid, dass du unterwegs bist. Das sollte sie beruhigen."

„Dann muss ich anschließend wohl zum Revier kommen? Um zu berichten, was ich gefunden habe, falls ich etwas gefunden haben sollte."

„Das wäre großartig."

Wir verabschiedeten uns und ich beendete das Gespräch. Ich fand es gut, dass Galloway keinen Zeitrahmen festgelegt hatte, wann ich mich zu melden hatte, denn wenn ich etwas in Mollys Zimmer finden würde, würde ich es auf jeden Fall zuerst untersuchen. Eine Tatsache, die Galloway zweifellos bewusst war. Vielleicht rechnete er sogar damit.

Joan Lewis' Haus war ein zweistöckiges, hübsches Gebäude, das an ein Cottage erinnerte. „Schönes Haus", murmelte ich, als Ben und ich den Gartenweg hinaufgingen. Es war kein einziges Polizeifahrzeug in Sicht. Die Vögel zwitscherten in den Bäumen, die Bienen summten. Nichts ließ vermuten, dass Joan vorhin noch laut herumgeschrien hatte. Ich klingelte und trat einen Schritt zurück, um zu warten.

„Oh, Gott sei Dank, Sie sind da!" Joan riss die Tür auf und ließ mich hinein. Sie streckte ihren Kopf heraus, nachdem ich an ihr vorbeigegangen war, um zu überprüfen, ob die Beamten verschwunden waren. „Die Polizei war hier. Sie wollten Mollys Zimmer durchsuchen!"

„Ja, ich habe einen Anruf bekommen", sagte ich. „Ist es in Ordnung, wenn *ich* einen Blick in Mollys Zimmer werfe?"

Joan, deren Augen blutunterlaufen und deren Nase rot war, nickte. „Ja. Ihnen vertraue ich."

„Aber der Polizei nicht?" Ich kramte in meiner Tasche nach Paar Latexhandschuhen und zog sie an.

„Sie etwa? Sie waren letztes Jahr doch an den Ermittlungen beteiligt, um diese korrupten Polizisten zur Strecke zu bringen."

Wer könnte das vergessen? Officer Ian Mills

hatte mir das Leben zur Hölle gemacht. Ich war sehr froh, ihn los zu sein.

„Diese Untersuchung war ziemlich umfangreich", erklärte ich ihr. „Ich glaube nicht, dass wir jetzt noch schlechte Polizisten haben."

Sie schniefte, legte den Kopf in den Nacken und reckte die Nase in die Luft. „Ich möchte lieber kein Risiko eingehen. Hier, Mollys Zimmer ist da lang." Sie führte mich die Treppe hinauf; Mollys Zimmer lag hinter der ersten Tür auf der rechten Seite.

„Dann lasse ich Sie mal allein." Joan zögerte in der Tür und setzte offensichtlich nur widerwillig einen Fuß hinein. „Ich habe nichts angefasst. Es tut zu weh, hier drin zu sein." Ihre Augen wurden feucht und eine Träne rann ihr über die Wange.

„Wie wäre es, wenn Sie uns einen Kaffee kochen? Ich komme dann runter, sobald ich fertig bin. Ich versuche auch, mich zu beeilen."

Ben war bereits bei der Arbeit. Mollys Laptop stand auf dem Schreibtisch unter dem Fenster und er hatte eine Hand hineingesteckt und wühlte in dem elektronischen Gerät herum. Nachdem Joan gegangen war, begann ich mit dem Bett, hob die Matratze an, schaute unter dem Kopfkissen nach und ging langsam durch das Zimmer. Es dauerte länger als erwartet und ich dachte schon, wir würden nichts Wichtiges finden, als Ben rief: „Ich habe etwas!"

„Was?" Ich eilte zu ihm hinüber, wo er in der Mitte des Schreibtischs stand. „Der Laptop?" Er hatte die ganze Zeit am Computer verbracht und sich durch Mollys digitales Leben gewühlt.

„Nein, nein. Unter dem Schreibtisch. An der Unterseite des Schreibtisches ist etwas festgeklebt."

Ich zog den Stuhl heraus, ließ mich auf Hände und Knie fallen und spähte auf die Unterseite des Schreibtisches. Tatsächlich: Ein kleiner rechteckiger Gegenstand war am Holz festgeklebt. Ich zog ihn ab, kroch hinaus und hielt ihn hoch. „Ein USB-Stick."

„Lass mich mal sehen." Ben wollte ihn mir wegnehmen, schaffte es aber nicht. Stattdessen hielt ich ihn zwischen Zeigefinger und Daumen in die Höhe und Ben berührte ihn mit seinem eigenen Finger.

„Und? Ist etwas Interessantes darauf?", wollte ich wissen.

„Ein Haufen Daten. Zahlen. Für mich ergibt das keinen Sinn."

Ich steckte den Stick in meine Tasche. „Ich mache eine Kopie davon und gebe ihn dann Galloway."

# KAPITEL 11

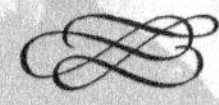

Ich schleppte mich durch die Haustür und ins Wohnzimmer, wo ich mich auf das Sofa fallen ließ. Ich brauchte dringend etwas Schlaf. Daran führte kein Weg mehr vorbei. Ich hatte nicht einmal die Kraft, mich die Treppe hinauf ins Bett zu hieven; die Couch würde genügen und das Kopieren des USB-Sticks warten müssen.

Ich zog mir ein Kissen unter den Kopf, schloss die Augen und schlief selig ein. Keine Ahnung, wie lange ich weg war. Es hätten Minuten oder Stunden sein können, aber etwas riss mich aus meinem friedlichen Schlummer. Etwas extrem Unangenehmes. Meine Nase zuckte. Meine Nasenlöcher brannten. Meine Augen tränten. Was zum Teufel war das für ein Gestank?

Ich blinzelte und schielte an die Decke, als ob die Antwort dort zu finden wäre. Natürlich war sie in genau dem Zustand, in dem man sie erwarten konnte. Der Gestank ging von einem grauen Fellknäuel aus, das sich an meiner Seite zusammengerollt hatte.

„Thor?" Ich musste würgen. Jetzt, wo ich den Mund geöffnet hatte, konnte ich es auch schmecken. Ich konnte einen Geruch schmecken, so schlimm war es. „Bist du das?"

Thor öffnete langsam ein Auge. „Hmmm?", fragte er schläfrig.

„Dieser Geruch." Ich schnappte keuchend nach Luft und meine Augen brannten. „Bist du das? Hast du dich in etwas gewälzt?"

„Nein." Er setzte sich auf und gähnte. Ich beugte mich vor und schnupperte an seinem Fell. Nein. Er roch nicht nach einem toten Tier, nicht direkt, aber trotzdem hing ein widerlicher Geruch in der Luft, der meine Lungen verstopfte. Er brannte sich in meine Nase ein wie ein stechender, nasser Wattebausch und roch beunruhigend nach einem Mund voller Haare und einem alten, dreckigen Schwamm. Nur schlimmer. Sehr viel schlimmer. Dieses Zeug könnte die Farbe von den Wänden ablösen, und trotzdem war ich unfähig, mich zu bewegen, unfähig, mich aus dem Dunst des Elends zu befreien, der mich an die Couch gefesselt hatte.

Ich lag da und dachte darüber nach, während ich Thor beobachtete. Ich beobachtete, wie sich seine Augen verengten, sein Schwanz zuckte und dann ein unverwechselbares *Tuut* an meine Ohren drang.

„Du hast gepupst!", beschuldigte ich ihn.

„Hey, du hast damit angefangen", schoss er zurück und schob seine Schnurrhaare in meine Richtung. „Wenn du nicht geschnarcht hättest …"

„Ich schnarche nicht!"

„Doch, das tust du." Er ignorierte mein entrüstetes Schnaufen. „Es ist übrigens ein sehr beunruhigendes Schnarchen. Ich glaube nicht, dass irgendjemand bei diesem Lärm schlafen kann."

„Oh, also ist neben mir kein friedlicher Schlaf möglich? Hast du nicht gut geschlafen? Dann ist es ja nicht schlimm, dass ich dich aufgeweckt habe", sagte ich so honigsüß, wie ich konnte.

Thor besaß vielleicht den Charme einer übergroßen Kichererbse, aber er hatte etwas so Liebenswertes an sich, dass ich ihm einfach nie lange böse sein konnte. Aber ich war besorgt. „Was genau hast du gegessen?" Es stand eindeutig nicht auf seinem genehmigten Diätplan, der glücklicherweise sehr kurz war. Diät-

Trockenfutter. Diät-Nassfutter. Tierärztlich genehmigtes Futter, das keine abblätternde Farbe an den Wänden und keine nervenzellenzerstörende Pupse verursachte.

„Wir haben nebenan ein paar Snacks bekommen!", meldete sich Bandit zu Wort. Ich hatte nicht bemerkt, dass sie sich auf dem Sessel zusammengerollt hatte. Ich fuhr kerzengerade hoch und drehte mich zu ihr um.

„Habe ich euch nicht gesagt, dass ihr nebenan nicht um Essen betteln sollt?" Und hatte ich Seb nicht genau davor gewarnt? Nicht die Tiere füttern! Im Ernst, wie schwer war es, einfache Anweisungen zu befolgen?

„Er hat sie uns angeboten", schniefte Thor. „Und bei so etwas sage ich nie Nein."

„Was hat er euch gegeben?"

„Fischstäbchen!", sagte Bandit mit leuchtenden Augen. „Sie waren sehr lecker."

Ich kniff die Augen zusammen. Sie mochten zwar lecker gewesen sein, aber die Gerüche, die aus Thors Hintern kamen, waren alles andere als köstlich. „Musst du auch pupsen?", fragte ich Bandit.

„Was ist Pupsen?", wollte sie wissen.

„Luft aus dem Hintern abgeben", antwortete Thor.

„Ohhh, du meinst diese komischen Sachen, die du immer machst, bevor du Stink machst?"

Ach, du meine Güte. Ich schwang die Beine auf den Boden und zeigte auf die Hintertür. „Raus. Alle beide. Und kommt erst zurück, wenn ihr keine Luft mehr im Bauch habt." Ich sah zu, wie die beiden über den Boden trabten und zur Katzentür hinausgingen, während ich in dem feuchten Nebel leiden musste, den sie zurückgelassen hatten.

„Es gibt nicht genug Lufterfrischer auf der Welt, um diesen Geruch wieder loszuwerden."

„Engel!", stimmten meine zwölf Geister zu. Ein Blick auf mein Handy verriet mir, dass ich zwanzig Minuten geschlafen hatte, und trotz des Napalms, der in der Luft hing, fühlte ich mich erstaunlich erholt. Ich öffnete sämtliche Fenster, um das Wohnzimmer zu lüften, kochte mir einen Kaffee und ließ mich dann auf meinem Bürostuhl nieder, um den USB-Stick am Computer anzuschließen.

Ben hatte recht. Ein Haufen Daten. Es war eine Art Textdokument, aber nichts, was ich vorher schon einmal gesehen hatte. Meine zwölf Geister schwebten hinter mir und es war fast so, als würden sie mir über die Schulter schauen, aber jedes Mal, wenn ich mich umdrehte, waren ihre Augen geradeaus gerichtet. Ich drehte mich in meinem

Stuhl um und starrte sie an. Sie reagierten nicht. Also saß ich da und wartete einfach ab. Die Frau direkt vor mir schaute mich an, bevor sie den Blick schnell wieder abwandte.

„Aha!" Ich zeigte triumphierend auf sie. „Ich habe dich erwischt! Kommt schon, ihr könnt aufhören, euch zu verstellen und euch entspannen. Ich weiß, dass ihr mich beobachtet."

Ihre starren Figuren entspannten sich, ihre Schultern fielen in sich zusammen und sackten nach vorne. Wenn sie körperlich wären, hätte ich Knochen knacken gehört.

„Also", fuhr ich fort, „ihr habt so getan, als würde euch das nicht interessieren." Ich drehte mich in meinem Stuhl um und tippte auf meinen Monitor. „Warum?"

„Engel", sagte die Frau vor mir. Sie war klein, pummelig und hatte einen Kopf voller lockiger weißer Haare.

„Ist das alles, was ihr sagen könnt? Engel?"

„Engel", wiederholte sie mit einem Nicken.

„Nun, das ist frustrierend."

„Engel", stimmte sie zu. Aber es war ein Durchbruch. Sie hatten noch nie so mit mir interagiert. War es die Kraft von Thors Pupsen, die dieses Phänomen hervorgerufen hatte? Oder war ich irgendwie näher dran, herauszufinden, was mit ihnen geschehen war? Was seltsam war, da ich an Mollys Fall gearbeitet hatte, nicht an ihrem.

„Moment!" Ich drehte mich wieder um. „Stehen eure Todesfälle in irgendeiner Weise mit Molly Lewis in Verbindung?"

„Engel", sagte die Frau, die offenbar als Sprecherin ihrer Geistertruppe agierte. Kein Nicken oder Kopfschütteln, nur ein schwaches Achselzucken.

„Also, das ist ein Vielleicht?"

„Engel."

„Habt ihr alle im Pflegeheim von Firefly Bay gelebt?" Das war ein Schuss ins Blaue. Ich hatte angenommen, dass sie alle zur gleichen Zeit gestorben waren, aber was, wenn dem nicht so war?

„Engel", antworteten sie alle unisono und bekräftigten dies mit einem entschiedenen Kopfnicken.

„Jetzt kommen wir weiter." Mein Herz setzte einen Schlag aus, als das Adrenalin durch mich hindurch schoss. Es konnte kein Zufall sein, dass Molly Pflegehelferin in dem Heim war und die zwölf älteren Geister, die mich derzeit heimsuchten, alle ehemalige Bewohner waren.

„Ben!", rief ich. Ich hatte ihn nicht mehr gesehen,

seit ich von meinem Nickerchen aufgewacht war. Da er wusste, dass ich es nicht mochte, wenn er mir beim Schlafen zusah, hatte er sich wahrscheinlich in der Nachbarschaft herumgetrieben, um herauszufinden, bei wem zufälligerweise der Shopping-Kanal im Fernsehen lief.

„Du hast gerufen?" Er erschien in der Tür, warf einen Blick auf meine Geisterschar und dann wieder auf mich. „Was gibt es denn? Haben wir etwa einen Durchbruch?"

„Ja, haben wir." Ich informierte ihn über meine Theorie, dass die zwölf Geister mit dem Pflegeheim in Verbindung standen. Und mit Molly. „Und sie scheinen sehr daran interessiert zu sein." Ich tippte auf den Monitor, auf dem die von Molly gesammelten Daten angezeigt wurden. „Ich muss mir nur noch einen Reim darauf machen. Diese Leute wissen wahrscheinlich, was das ist, aber alles, was sie sagen können, ist das Wort Engel. Vielleicht können wir etwas erreichen, wenn ich Ja-Nein-Fragen stelle."

„Einen Versuch ist es wert", stimmte Ben zu.

„Okay. Was wissen wir? Der letzte Todesfall in der Einrichtung war Cecilia Fairweather. Im Schlaf gestorben. Ist jemand von euch Cecilia?" Ich hatte sie das schon einmal gefragt, aber sie hatten nicht geantwortet. Heute konnte ich jedoch aus einem Grund, den ich noch nicht verstanden habe, mit meinen zwölf Geistern kommunizieren. Endlich ein Fortschritt.

Eine große, schlanke Frau mit kurzen, weißen Haaren hob die Hand.

„Heiliger Bimbam." Ich schnappte nach Luft. „Du bist Cecilia?"

Sie nickte. „Engel."

„Ausgezeichnet." Ich nahm einen leeren USB-Stick aus der obersten Schublade und kopierte Mollys Daten. „Ich werde das hier bei Galloway abgeben und dann zum Heim fahren, um alles über Cecilias Tod herauszufinden."

„Glaubst du, dass da etwas Verdächtiges vor sich geht?", fragte Ben.

„Du etwa nicht? Ihr Geist steht genau hier mit elf ihrer Freunde. Wenn sie friedlich eingeschlafen ist, warum ist sie dann nicht hinübergegangen? Warum ist sie hier? Und jetzt, da ich weiß, dass sie nicht alle Opfer eines Busunglücks waren, sondern zu unterschiedlichen Zeiten gestorben sind, kann ich in den Akten wühlen – oder besser gesagt, du kannst das – und vielleicht können wir sie alle identifizieren."

„Und Molly?"

„Ich fahre auf dem Weg dorthin bei den Deans vorbei." Mollys Fall hatte für mich oberste Priorität, aber es wäre schön, wenn ich mein persönliches Problem ebenfalls lösen und meine Geisterbegleitung loswerden könnte. Ihnen machte es bestimmt auch keinen Spaß, hier festzuhängen.

Zehn Minuten später hielt ich auf dem Parkplatz des Polizeireviers. Ich merkte, wie sich meine Finger um das Lenkrad verkrampften und mein Angstpegel in die Höhe schnellte. Das überraschte mich nicht. Trotz allem, was passiert war, reagierte ich immer noch intuitiv, wenn ich ein Polizeifahrzeug sah, und gerade standen zwei auf dem Parkplatz. Galloways geheime Task Force, die die Abteilung von korrupten Polizisten befreien sollte, hatte ihre Arbeit getan. Doch Ben war ein Kollateralschaden gewesen, und niemand hatte etwas dagegen tun können. Ich war an seiner Seite gewesen, als er durch ein korruptes System aus seinem geliebten Beruf gedrängt worden war, und meine Voreingenommenheit gegenüber der Polizei war eine schwer zu überwindende Hürde gewesen. Natürlich half es, mit einem heißen Detective zusammen zu sein.

Ich löste die Finger vom Lenkrad, holte tief Luft und stieß sie langsam wieder aus, bevor ich ausstieg.

Ich schob mich durch die Eingangstür und winkte Officer Sarah Jacobs zu, die aufblickte, als ich eintrat.

„Oh, hey, Audrey." Sie lächelte. „Sie wollen zu Galloway? Er ist in seinem Büro; gehen Sie einfach durch."

„Danke." Ich ging den Korridor entlang und kam zu Galloways Tür, lehnte mich an den Türrahmen und sah zu, wie Galloway mit zwei Fingern auf seiner Tastatur herumhackte und mit konzentrierter Miene arbeitete.

„Hey", rief ich schließlich, nachdem er nicht bemerkt hatte, wie ich ihn anstarrte.

Sein Blick schoss in meine Richtung, die aufblitzende Überraschung wurde schnell von einer Wärme abgelöst, die sich zu einem Knistern erhitzte. Galloway war eine Mischung aus Polizist und Cowboy, und während ich den Anblick seines Gesichts genoss, ließ er sein sexy Grübchen aufblitzen, und mir wurden fast die Knie weich. Ich schnappte mir den Stuhl gegenüber seinem Schreibtisch, bevor ich mich zum Narren machen konnte.

„Hey du", antwortete er grinsend. „Wie läuft es?"

„Oh, es läuft gut." Ich erwiderte sein Grinsen. Wie konnte es sein, dass ich seit über einem Jahr mit diesem Mann zusammen war und immer noch wie Butter dahinschmolz, wenn er einfach nur Hallo sagte und mich anlächelte? Man sollte meinen, ich hätte inzwischen eine Art Immunität entwickelt, aber leider …

„Erde an Audrey", rief er lachend und mir wurde klar, dass ich nicht mitbekommen hatte, was er gesagt hatte, weil ich darüber nachgedacht hatte, welche Faszination er auf mich ausübte. Mal wieder.

„Sorry." Ich räusperte mich und spürte, wie ich rot wurde.

„Das liebe ich an dir." Galloways Miene wurde weicher, er lehnte sich in seinem Stuhl zurück und betrachtete mich eingehend.

„Aha? Und was ist ‚das'?" Ich fächelte mir Luft zu. Wurde es hier drinnen allmählich heiß oder lag das an mir?

„Dass du rot wirst." Er ließ wieder dieses Grübchen aufblitzen, und das lenkte mich so ab, dass ich seine Worte fast überhört hätte. Doch dann fiel der Groschen.

„Von wegen. Das werde ich nicht." Ich spürte, wie ich noch roter wurde, und er lachte nur noch lauter.

„Hast du etwas für mich?"

„Das habe ich doch immer."

„Beruflich, meine ich, Audrey. Hast du Mollys Zimmer durchsucht?"

„Oh. Richtig." Mein Gesicht stand praktisch in Flammen. War dreißig zu früh für die Menopause? Ich kramte in meiner Tasche, zog den USB-Stick heraus und hielt ihn hoch. „Der hat unter ihrem Schreibtisch geklebt."

Galloway beugte sich vor und nahm ihn mir ab, wobei seine Berührung einen heißen Funken durch mich schickte. „Gute Arbeit", raunte er. Dann steckte er den USB-Stick in seinen Computer, starrte auf die Dateien und ignorierte mich.

„Gern geschehen." Da ich wusste, dass er nun hundertprozentig in den Inhalt des Sticks vertieft war, stand ich auf und ging zur Tür. „Ach ja, bevor ich es vergesse, hast du morgen Abend Zeit zum Abendessen? Dad hat Geburtstag." Ich warf einen Blick über die Schulter zurück, aber er sah nicht auf.

„Ja, ja, deine Mutter hat schon angerufen", murmelte er abwesend.

„Hat sie das?"

„Mmmm." Endlich hob er den Kopf und sah mich an. „Ist morgen nicht der Schulball mit deinem neuen besten Freund Seb?", erinnerte er mich.

„Oh, Mist, du hast recht. Kein Problem, ich habe

Seb sowieso noch keine Antwort gegeben. Ich sage ihm einfach, dass wir nicht kommen können."

„Ich hatte das sowieso nicht vor." Galloways Blick war wieder auf seinen Computer gerichtet.

„Richtig. Okay, dann bis später. Sagst du mir Bescheid, wenn du herausgefunden hast, was diese Zahlen bedeuten?"

„Natürlich."

Ich ging mit einem Lächeln davon. Eine Sache, die Galloway und ich gemeinsam hatten, war, dass wir Rätsel liebten.

Und Mollys Tod war genau das.

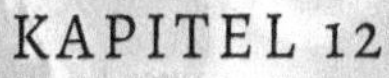

# KAPITEL 12

Dean Ackerman war nicht zu Hause, seine Frau schon. Katherine stand in ihrem Lululemon-Outfit in der offenen Tür, das platinblonde Haar zum Pferdeschwanz gebunden, aus dem sie einige Strähnchen gelöst hatte, um ihr perfekt geschminktes Gesicht sanft zu umspielen.

„Ja?"

„Ist Dean da?", wollte ich wissen.

Sie musterte mich von oben bis unten. „Wer will das wissen?"

Ich zog eine Visitenkarte aus meiner Tasche und hielt sie ihr hin. „Audrey Fitzgerald, Delaney Investigations. Ich untersuche den Tod von Molly Lewis."

„Oh ja, ich habe davon gehört. Wie schrecklich. Aber was hat das mit meinem Mann zu tun?"

„Er hat mit Molly zusammengearbeitet, oder?"

Katherine schlug sich an die Stirn. „Ja! Natürlich." Sie trat einen Schritt zurück und gab mir ein Zeichen, hereinzukommen. Ich trat über die Schwelle, direkt in ihr Wohnzimmer. Mein Blick schweifte über das übergroße beigefarbene Sofa mit den bunten Kissen, den ausladenden Couchtisch aus Holz und den großen Fernseher in einer Ecke. Es war ein gemütliches Zimmer. Warm, einladend, komfortabel. Im Hintergrund hörte ich leise Musik spielen. *Black Magic* von Little Mix. Zufall? Bestimmt nicht.

„Kann ich Ihnen einen Kaffee anbieten?", fragte sie.

„Nein, danke." Worte, von denen ich nie gedacht hätte, dass sie je meinen Mund verlassen würden. Aber die Zeit drängte und ich hatte keine Zeit für einen Kaffee, wenn es einen Mörder zu fangen galt. Ich ignorierte die Tatsache, dass ich häufig Kaffeeangebote von Verdächtigen annahm. „Also? Ist Dean zu Hause?", hakte ich nach.

„Nein. Tut mir leid. Er ist bei der Arbeit."

„Bei der Arbeit? Ich dachte, er hätte Nachtschicht."

„Er hat eine zusätzliche Schicht übernommen. Ich schätze, sie sind unterbesetzt. Sie wissen schon, wegen Molly."

„Richtig", meinte ich und nickte zustimmend. „Wow. Eine Extraschicht nach einer durchgearbeiteten Nacht. Das muss doch anstrengend sein."

„Ich mache mir mehr Sorgen darüber, was das für seinen Rücken bedeutet." Katherine seufzte, schob eine Hüfte vor und stützte die Hand darauf ab, wobei sie mit ihren manikürten Nägeln darauf klopfte. „Sie lassen ihn dort viel zu hart arbeiten. Das ist wirklich nicht gut für ihn."

„Ach so?"

„Zu schade, dass er sich nicht bei der Arbeit verletzt hat, dann hätten wir wenigstens eine Entschädigung bekommen, aber er ist in unserer Einfahrt ausgerutscht." Sie zeigte aus dem Fenster und ich schaute automatisch hinaus.

„Tut mir leid, das zu hören. Hat er sich schwer verletzt?"

„Ein Bandscheibenvorfall. Er hatte so starke Schmerzen. Die hat er immer noch."

„Oh, der Unfall war also erst kürzlich? Sollte er dann überhaupt arbeiten?"

Sie wedelte mit der Hand in der Luft herum.

„Das ist schon letztes Jahr passiert. Die Ärzte sagen, dass es eigentlich längst verheilt sein müsste, weil es normalerweise", sie malte Anführungszeichen in die Luft, „nur sechs Wochen dauert, bis eine solche Verletzung ausgestanden ist. Aber Dean hat immer noch Schmerzen. Er hat sämtliche MRT- und Röntgenaufnahmen hinter sich, aber die Ärzte können uns immer noch nicht sagen, warum das so ist. Und unsere Versicherung zahlt keine weiteren Untersuchungen mehr."

„Das muss eine Belastung für Ihre Ehe sein." Offenbar hielt Deans schmerzender Rücken ihn nicht davon ab, sie zu betrügen, was ihn in meinen Augen zu einem richtigen Mistkerl machte. Aber anscheinend wusste Katherine nicht, dass ihr Mann ein Schürzenjäger war, und es war nicht meine Aufgabe, es ihr zu sagen. Auch wenn der Gedanke verlockend war. Vielleicht würde ich es verraten, sobald der Fall abgeschlossen war, falls es bis dahin noch nicht herausgekommen sein sollte. Vor allem, wenn sich herausstellen sollte, dass Dean Molly getötet hatte. Katherine würde die Wahrheit über ihren Mann herausfinden, so oder so.

Sie lächelte und ihre Miene wurde weicher. „Verstehen Sie mich nicht falsch, er ist ein guter

Mann. Er bringt mir regelmäßig eine Tasse Tee ans Bett, bevor er zur Nachtschicht geht."

Ich musste mir auf die Zunge beißen wegen der Bemerkung über den guten Mann. „Es macht Ihnen nichts aus, hier allein zu sein? Wenn er nachts weg ist?"

„Eigentlich", beugte sie sich verschwörerisch vor, „schlafe ich viel besser, wenn er nicht da ist. Ich glaube, es liegt daran, dass ich dann das Bett für mich alleine habe, wissen Sie? Aber sagen Sie ihm nicht, dass ich das gesagt habe." Sie kicherte.

Ich lächelte mit zusammengekniffenen Lippen. „Ihr Geheimnis ist bei mir sicher", versicherte ich ihr. „Ich sollte jetzt gehen. Ich bin gerade auf dem Weg zum Seniorenheim von Firefly Bay, also werde ich ihn dort treffen."

„Okay." Katherine begleitete mich lächelnd zur Tür.

„Nur so aus Interesse: Waren Sie in der Nacht, in der Molly starb, allein zu Hause?", fragte ich, als ich auf die Veranda trat.

„Oh ja. Dean hat mir eine Tasse Tee gebracht, während ich meine Lieblingsserie gesehen habe, aber dann wurde ich so müde, dass ich die Augen nicht mehr offen halten konnte, also bin ich ins Bett gegangen. Ich habe die ganze Nacht wie ein Baby geschlafen. Warum? Brauche ich ein Alibi?" Sie klimperte mit ihren langen, falschen Wimpern.

„Ich bin nur sehr sorgfältig", versicherte ich ihr.

„Also, grüßen Sie meinen Mann von mir." Sie winkte kurz und schloss die Tür hinter mir.

„Dein Eindruck?", fragte ich Ben, als wir zum Auto zurückgingen. Er war im restlichen Haus verschwunden, während ich mit Katherine gesprochen hatte, und schloss sich erst jetzt wieder mir an.

„Ich glaube, sie hat keine Ahnung, dass ihr Mann sie betrügt", antwortete er. „Sie hat ein schönes Haus und gibt viel zu viel Geld für Mode aus, vor allem, wenn man bedenkt, dass sie Teilzeit als Kosmetikerin arbeitet. Das bringt nicht viel Geld ein, da sie nur etwa zehn Stunden pro Woche arbeitet."

„Woher weißt du das?"

„Sie hat einen Terminkalender an den Kühlschrank gepinnt und auf dem Küchentisch lag ein Lohnzettel."

„Hm. Vielleicht schiebt Dean deshalb Extraschichten? Falls das überhaupt stimmt. Vielleicht belügt er seine Frau wegen der Schichten ja auch, weil er sich mit anderen Frauen trifft."

„Könnte sein", stimmte Ben zu.

„Er hat also eine wunderschöne Frau, die sich gut um sich selbst und ihr Haus kümmert, aber er riskiert, sie zu verlieren, wenn er fremdgeht. Warum tut er das?“

„Vielleicht ist ihr Sexleben nicht … du weißt schon … vorhanden.“

„Sie hat gesagt, er hat einen schlimmen Rücken“, sagte ich und rutschte hinter das Lenkrad. „Vielleicht bedeutete das das Ende für das Schlafzimmer. Aber das ergibt keinen Sinn. Sein Rücken hindert ihn offensichtlich nicht daran, mit anderen Frauen zu schlafen. Und wenn es andere Eheprobleme gäbe, hätte Katherine das sicherlich angesprochen. Sie schien mir ziemlich offen zu sein.“

„Ich habe eine Menge Schmerzmittel im Badezimmerschrank gefunden“, sagte Ben. „Sehr viele.“

„Das ergibt Sinn, wenn er solche Rückenprobleme hat. Sonst noch etwas?“

„Kein Viagra, falls du das denkst“, stichelte Ben.

Ich lachte. „Daran habe ich zwar nicht gedacht, aber danke für den Hinweis.“

„Und es gab noch einige Vitamine für Frauen und ein verschreibungspflichtiges Fläschchen mit Katherines Namen drauf.“

„Okay. Ich frage mich, wofür es ist.“

„Könnte alles sein", sagte Ben. „Sie kommt mir ein bisschen überdreht vor."

„Überdreht? Wirklich? Das hast du in den fünf Minuten erkannt, die ich mit ihr in ihrem Wohnzimmer gestanden habe?" Auf mich hatte Katherine Ackerman nicht überdreht gewirkt.

„Nein, das hat mir das Gästezimmer verraten, in dem sich sämtliche ausrangierte Hobbys wiederzufinden scheinen. Sie reichen von handwerklichen Tätigkeiten wie dem Pressen von Blumen, über Stricken und Nähen bis hin zum Töpfern, Malen und Vögel beobachten."

„Wow. Vielleicht hast du recht."

„Wenn man bedenkt, dass sie nur zwei halbe Tage in der Woche arbeitet, nehme ich an, dass sie viel Zeit zu füllen und nur eine kurze Aufmerksamkeitsspanne hat."

„Ich wüsste gern, warum sie nur Teilzeit arbeitet", gab ich zu. „Keine Kinder. Sie scheint gesund zu sein. Warum arbeitet sie also nicht Vollzeit?"

„Hilft das weiter? Im Fall?"

„Wahrscheinlich nicht." Ich seufzte. „Ich bin einfach nur neugierig. Ich glaube, ich würde mich langweilen, wenn ich keine Arbeit hätte."

Es war nur eine kurze Fahrt bis zum Seniorenheim und Ben und ich sprachen darüber, welchen Hobbys ich nachgehen würde, wenn ich ein Leben in Muße führen könnte. Laut Ben wären nur wenige sicher, angesichts meiner Tollpatschigkeit.

Als ich auf dem Parkplatz des Altenheims vorfuhr, ließ ich den Motor laufen. „Bevor du deinen Vater besuchst", sagte ich und drehte mich zu ihm um, wo er halb auf dem Beifahrersitz, halb über ihm schwebte, „könntest du dich doch an ihrem Computersystem versuchen und sehen, ob wir nicht herausfinden können, wer die anderen elf Geister sind, oder?"

„Natürlich." Als ich den Motor abstellte und die Tür öffnete, war Ben schon weg, und ich musste allein ins Haus gehen. Alle Besucher mussten sich ein- und austragen, und als ich meinen Namen notierte, sah ich Sharon Mooney vorbeieilen. Sie bemerkte mich und zögerte, dann änderte sie die Richtung und kam zu mir.

„Miss Fitzgerald", sagte sie mit einem Hauch von Überraschung in der Stimme. „Ich hatte nicht erwartet, Sie so schnell wiederzusehen."

„Nennen Sie mich bitte Audrey." Sharon sah, um es höflich auszudrücken, ziemlich erschöpft aus. „Geht es Ihnen gut?", fragte ich besorgt und streckte die Hand aus, um ihren Arm zu berühren.

Sie riss den Arm weg und zuckte zusammen.

„Verdammte Schleimbeutelentzündung", murmelte sie und rieb sich die Schulter, dann: „Mir geht es gut. Es ist gerade nur ein bisschen hektisch."

„Richtig." Ich nickte verständnisvoll. „Ich bin eigentlich hier, um mit Dean Ackerman zu sprechen."

„Mit Dean?" Ihre Augenbrauen schossen in die Höhe.

„Er hat doch Dienst, oder? Seine Frau meinte, er hätte eine Zusatzschicht übernommen."

„Ja, ja, er ist hier irgendwo." Sie runzelte die Stirn. „Wie geht es mit dem Fall voran?"

„Er ist noch nicht abgeschlossen."

„Okay. Nun, dann überlasse ich Sie mal sich selbst. Vielleicht finden Sie Dean im Behandlungsraum." Sie zeigte auf eine Tür am Ende des Ganges, auf der ein Schild mit der Aufschrift „Behandlungsraum" prangte.

„Danke." Ich ging auf das betreffende Zimmer zu. Die Tür war geschlossen und als ich den Knauf drehte, stellte ich fest, dass sie auch verschlossen war. Ein einzelnes Fenster öffnete sich zum Korridor hin. Ich hielt die Hände vor das Gesicht, drückte sie an die Scheibe und spähte hinein.

Im Inneren befanden sich eine Behandlungsliege, ein fahrbarer Wagen aus rostfreiem Stahl, auf dem eine Sammlung von Verbandstoffen lag, und eine lange Bank mit Schränken darunter, deren Beschriftung ich nicht entziffern konnte. In einer Ecke waren drei Sauerstoffflaschen gestapelt, und es gab einen hohen, frei stehenden Schrank mit einem digitalen Tastenfeldschloss. Dean Ackerman stand in der Mitte des Raumes mit dem Rücken zu mir. Ich klopfte an das Glas, woraufhin er zusammenzuckte und den Kopf drehte, um über die Schulter zurückzuschauen.

Mit einem Stirnrunzeln ging er zur Tür und öffnete sie.

„Ja?", fragte er. „Was wollen Sie?"

„Schließen Sie die Behandlungstür immer ab?"

„Ja. Hier drinnen steht der Medikamentenschrank." Er nickte in Richtung des Hochschranks mit dem digitalen Schloss. „Außerdem wandern manche Bewohner gerne umher und machen sich mit den Verbänden davon", fügte er hinzu. „Nochmal: Was wollen Sie?"

„Tatsächlich wollte ich mit Ihnen sprechen." Ich strahlte ihn an. „Sie erinnern sich vielleicht an mich? Ich war heute Morgen bei Angela, als sie Sie abserviert hat."

Die Farbe wich aus seinem Gesicht und hinterließ einen schönen Grauton.

„Was?", quiekte er. Schweißperlen traten auf seine Stirn.

„Audrey Fitzgerald, Delaney Investigations", fuhr ich fort und hielt ihm eine Visitenkarte hin. Als er sie nicht nahm, ließ ich den Arm sinken. „Ich wurde beauftragt, den Tod von Molly Lewis zu untersuchen."

Er ließ die angehaltene Luft entweichen. „Richtig. Eine üble Sache."

„In der Tat. Also, wo waren Sie zum Zeitpunkt ihres Todes?"

„Hier. Ich habe gearbeitet. Das können Sie überprüfen."

„Das werde ich. Und wie lange dauerte Ihre Affäre mit Angela Brady?" Er stotterte herum, aber ich hob die Hand, um ihn zum Schweigen zu bringen. „Bitte, versuchen Sie nicht, es zu leugnen. Ich habe mit eigenen Augen gesehen, wie sie mit Ihnen Schluss gemacht hat, und sie hat es bereits bestätigt. Also sparen wir uns Zeit und sagen schön die Wahrheit."

Er schüttelte den Kopf, die Mundwinkel nach unten gezogen. „Ein paar Monate vielleicht", murmelte er.

„Ich habe gehört, dass Molly davon erfahren und gedroht hat, es Ihrer Frau zu sagen."

„Ja." Wenigstens hatte er den Anstand, beschämt auf die Spitzen seiner Schuhe zu starren.

„Und trotzdem haben nicht Sie mit Angela Schluss gemacht, sondern Angela mit Ihnen."

Er seufzte erneut. Ein langer, tiefer Seufzer. „Hören Sie, ich erwarte nicht, dass Sie das verstehen, aber ich liebe meine Frau. Das tue ich wirklich. Es ist nur so, dass sie sehr … erdrückend sein kann. Sie langweilt sich zu Hause immer und dann liegt sie mir ständig in den Ohren und hängt ständig an mir, wenn ich nach Hause komme. Das ist … irritierend."

„Warum arbeitet sie dann nicht Vollzeit? Oder legt sich ein Haustier zu? Oder sucht sich ein Hobby", das zu ihr passt, fügte ich in Gedanken hinzu.

„Katherine hat MS", sagte Dean. „Eine Vollzeitbeschäftigung kommt nicht infrage. Wenn sie müde ist, kann das zu Ausbrüchen führen. Daher muss sie sich schonen."

„Oh, das hat sie gar nicht erwähnt." Ich blinzelte schockiert. Ich hatte keine Ahnung, dass es Katherine so schlecht ging.

„Sie haben mit ihr gesprochen?" Er wurde erneut blass.

„Entspannen Sie sich. Ich habe Sie nicht auffliegen lassen. Aber Sie wollten mir von Angela und Ihnen und Mollys Ultimatum erzählen", erinnerte ich ihn.

„Okay, gut. Ich wollte die Sache mit Angela beenden. Sie ist ein nettes Mädchen und so, aber zwischen uns ist nichts Romantisches. Das ist nur Sex. Ich hatte auf eine, wie soll ich sagen, Abschiedsvorstellung gehofft. Ein letztes Hurra. Aber sie wollte nicht." Er zuckte mit den Schultern.

Ich war mir nicht sicher, ob ich ihm glaubte. „Gibt es hier noch jemanden, mit dem Sie eine Affäre haben? Oder hatten?"

Er schaute weg. „Nein."

„Lügner."

Er biss sich auf die Lippe und ein Rinnsal Schweiß bahnte sich seinen Weg von der Schläfe hinunter zu seinem Ohr. Das Schweigen wurde immer größer und ich ließ es wachsen, bis die Luft dick von unausgesprochenen Worten war. Ich wartete, bis er es nicht mehr aushielt, was ehrlich gesagt gar nicht so lange dauerte. Höchstens dreißig Sekunden.

„Okay, gut. Janis Skinner. Sie arbeitet in der Wäscherei." Er brach spektakulär schnell ein.

„Und wie lange geht das schon?"

„Seit heute", gestand er.

Ich konnte mir ein verächtliches Schnauben

nicht verkneifen. „Ach wirklich? Sie fallen also direkt von Angelas in Janis' Arme. Wow. Sie verschwenden wirklich keine Zeit."

„Aber sagen Sie meiner Frau nichts davon", flehte er.

Ich wackelte mit dem Finger vor seinem Gesicht herum. „Ich verspreche nichts. Die Polizei wird Ihnen dieselben Fragen stellen und ist … sagen wir einfach, sie ist nicht so diskret wie ich. Nehmen Sie meinen Rat an. Behalten Sie die Hose an und gehen Sie nach Hause zu Ihrer Frau. Sie liebt Sie wirklich. Gott allein weiß warum."

Ich machte auf dem Absatz kehrt und ließ ihn im Behandlungsraum stehen, während sich sein Blick in meinen Rücken bohrte. Falls Dean der Mörder war, hatte ich mir gerade eine Zielscheibe auf den Rücken geklebt.

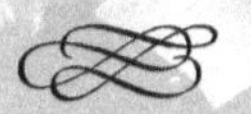

# KAPITEL 13

*J*ch hob die Faust und hämmerte gegen Sebs Haustür. Es war an der Zeit, meinem Nachbarn die Meinung zu sagen, nachdem er Thor und Bandit gefüttert hatte, obwohl ich ihn ausdrücklich darum gebeten hatte, es nicht zu tun. Die Tür schwang auf und er stand da wie ein Engel, der vom Himmel herabgestiegen war. Ich war überrascht, dass er nicht in eine Art heiliges Licht von oben getaucht war oder zumindest einen Heiligenschein trug.

„Hey, Audrey, wie geht's?" Er lächelte sein Tausend-Watt-Lächeln und meine Verärgerung ließ etwas nach. Ich war immer noch wütend. Nur nicht mehr *so* wütend. Seb Castle hatte einfach diese Wirkung auf die Menschen.

„Habe ich dich nicht gebeten, Bandit und Thor nicht zu füttern?", fragte ich und schob mich an ihm vorbei. Er hatte alle Kisten ausgepackt und Mrs Hills mit Spitzendeckchen gefülltes Häuschen war nun eine moderne und schicke Junggesellenbude. „Nett", meinte ich.

„Aah." Er nickte und schloss die Haustür hinter mir. „Die Fischstäbchen."

„Richtig." Ich verschränkte die Arme vor der Brust und gab mein Bestes, um wütend auszusehen. Dem Zucken seiner Lippen nach zu urteilen, sah ich vermutlich eher so aus, als litt ich unter Verstopfungen. „Darf ich noch erwähnen, dass Thor von diesen Fischstäbchen die schlimmsten Blähungen aller Zeiten bekommen hat? Ich meine, es ist so schlimm, dass ich wohl die Wände streichen und neue Möbel kaufen muss."

„So schlimm?"

„Schlimmer", meinte ich schmollend.

„Audrey", setzte Seb an, legte einen Arm um meine Schultern und drückte mich sanft an sich. „Ich weiß nicht, wie ich es dir sagen soll, aber deine Haustiere … Sie sind einfach schrecklich."

„Schrecklich? Wir sprechen hier von denselben Tieren, oder? Thor und Bandit?"

„Die Teddybärkatze, kugelrund." Er tat so, als

würde er sich einen runden Bauch reiben. „Und der Waschbär."

Das waren definitiv meine. Ich legte den Kopf schief. „Was haben sie getan?"

„Nur den größten Raub in der Geschichte der Raubüberfälle begangen!", antwortete Seb dramatisch.

Ich kniff die Augen zusammen, meine Gedanken rasten. „Reden wir von einem Fischstäbchen-Raub?"

Seb lief mit lebhafter Mimik und wedelnden Armen in seinem Wohnzimmer auf und ab. „Ich hatte die Hintertür angelehnt und habe die leeren Kartons in den Garten gebracht, um sie dort platt zu drücken und in den Müll zu werfen, als ich ein Kratzen an der Vordertür hörte. Ich habe also die Haustür geöffnet und Bandit stand da und plapperte ganz aufgeregt mit mir. Also habe ich mitgespielt. Ich habe mich vor sie hingehockt und Fragen gestellt – so wie du es machst – und sie ist einfach gegangen. Kein Tschüss. Sie hat einfach beschlossen, zu gehen. Ich fand es seltsam, dass sie einfach so weggelaufen ist, aber dann dachte ich mir, dass ich sie nicht so gut kenne und das sie sich vielleicht immer so verhält." Er machte eine Pause, um Luft zu holen, und fuhr dann fort, bevor ich zu Wort kommen konnte. „Ich habe die Haustür geschlossen und dann habe ich dieses Geräusch gehört. Ich habe mir nicht viel dabei gedacht, wahrscheinlich wegen des Windes, habe aber trotzdem beschlossen, zur Hintertür hinauszuschauen, und da sehe ich, wie dein Schreckgespenst von Kater etwas über das Seitentor schiebt. Und Bandit stand auf der anderen Seite und wartete darauf, es zu fangen."

„Fischstäbchen", sagte ich.

Er nickte. „Ich habe eine Lebensmittellieferung bekommen. Ich war noch dabei, sie auszupacken, als die beiden ihren Raub durchführten."

Ich wippte beschämt auf den Fersen vor und zurück. Ich war hierhergekommen, um mit Seb zu schimpfen, weil er sie gefüttert hatte, und nun stellte sich heraus, dass die kleinen Racker ihm eine *ganze* Packung Fischstäbchen gestohlen hatten. „Es tut mir so leid", sagte ich und rang die Hände. „Ich kann nicht glauben, dass sie das getan haben."

Seb lachte. „Ist schon gut, sei nicht böse. Das war irgendwie lustig."

„Wirklich?" Ich war mir nicht sicher, ob ich schon so weit war. Ich war noch auf halbem Weg zwischen Verlegenheit und Wut.

„Das Ganze musste geplant werden und zeigt

doch nur, dass du zwei sehr intelligente Haustiere hast.“

„Und gerissene“, fügte ich hinzu.

„Definitiv. Aber ich muss mich trotzdem entschuldigen. Ich habe ungewollt deine Tiere gefüttert.“

Ich tat seine Entschuldigung mit einer Handbewegung ab. „Sei nicht albern. Ich bin diejenige, die sich entschuldigen sollte. Ich werde dir die Fischstäbchen natürlich ersetzen.“

„Sei nicht zu streng mit ihnen“, versuchte Seb mich zu beschwichtigen. „Sie sind wirklich süß.“

„Süß zu sein, ist keine Entschuldigung für Diebstahl.“

„Allerdings solltest du vielleicht dein Haus überprüfen.“

„Wozu?“

„Sie haben eine ganze Packung Fischstäbchen mitgenommen. Ich kann mir nicht vorstellen, dass sie sie alle auf einmal gegessen haben, also haben sie sie vielleicht irgendwo für später versteckt. Außerdem waren sie zum Einfrieren gedacht und …“

„Oh mein Gott.“ Entsetzt schlug ich mir die Hand vor den Mund. Wenn sie die Fischstäbchen einzeln im Haus versteckt hatten … mein Gott, das war übel.

Das war wirklich übel. Wenn ich schon Thors Pupse eklig fand, wie rochen dann erst Fischstäbchen, die langsam verrotteten? Ich hätte mich fast übergeben. „Ich muss gehen", flüsterte ich.

„Viel Glück!", rief Seb mir hinterher, dann: „Oh, warte! Bleibt es bei morgen Abend?"

„Oh, tut mir leid, da kann ich nicht. Mein Dad hat Geburtstag." Ich winkte entschuldigend und stürmte durch die Vordertür, über den Rasen und in mein Haus, wobei ich schnüffelnd den Flur hinunter rutschte. Bis jetzt roch es nicht nach ranzigen Fischstäbchen.

„Thor! Bandit!", brüllte ich und hielt dann inne, um zu lauschen. Nichts. Keine pelzigen kleinen Pfoten, die auf die Dielen klopften. Ich ging zur Hintertür und trat auf die Terrasse. Ich schirmte die Augen ab und blinzelte in die Nachmittagssonne. „Thor! Bandit!", schrie ich wieder. Immer noch keine Antwort. „Ja, natürlich. Ihr wollt euch verstecken, weil ihr in großen Schwierigkeiten steckt", murmelte ich vor mich hin.

Ben war noch nicht aus dem Pflegeheim zurückgekehrt, also konnte ich ihn nicht fragen, was er über die zwölf Geister herausgefunden hatte – falls er überhaupt etwas herausgefunden hatte. Sie hatten mich an der Tür begrüßt und waren mir nun quasi auf den Fersen, während sie mir durch das Haus folgten.

„Warum könnt ihr nicht ins Altersheim schweben?", fragte ich sie und wich jedem Einzelnen von ihnen aus, während ich in einem bizarren Muster durch das Wohnzimmer huschte, um zur Kaffeemaschine zu gelangen. Ich mochte keine Geister berühren. Ich tolerierte Ben, weil er Ben war. Er war mein bester Freund. Aber Geister verursachten mir eiskalte Schauer, und wenn ich körperlichen Kontakt vermeiden könnte, würde ich es tun.

„Engel", antwortete Cecilia. Offenbar war Cecilia die Anführerin des Rudels, die Sprecherin, wenn man so wollte. Ich starrte sie an und die Gruppe Geister versammelte sich hinter ihr.

„Egal." Es war schwierig, sich zu verständigen, wenn sie nur Engel sagen konnten. Ich wandte meine Aufmerksamkeit der Kaffeemaschine zu und schaute auf die Uhr an der Wand. Immer noch sieben Uhr. Ich beschloss, dass es noch nicht zu spät war, und machte mir eine Tasse Koffein-Nirwana. Während die Maschine ihre Arbeit verrichtete, drehte ich mich zu den Geistern um und lehnte mich mit verschränkten Armen gegen den

Küchentisch. „Habt ihr gesehen, wo Thor und Bandit die Fischstäbchen versteckt haben?“

„Engel.“ Kein Kopfschütteln oder Nicken. Ich hatte keine Ahnung, was es bedeutete. Ja? Nein? Vielleicht?

„Könnt ihr mir beim Suchen helfen?“, fragte ich hoffnungsvoll.

„Engel.“ Ausdruckslose Mienen. Nichts.

„Ist das ein Nein?“

„Engel.“

„Oh Mann!“ Ich drehte mich wieder zur Kaffeemaschine um und ignorierte die nicht hilfreichen Geister. „Ich werde die Fischstäbchen vermutlich finden, wenn sie das Haus verpesten.“ Was mich daran erinnerte, dass immer noch ein mit Kotze gefüllter Schuh auf dem Rasen in der Sonne brannte.

Mit einer gewissen Nervosität schob ich die Hintertür auf und näherte mich ihm vorsichtig. Ich warf einen kurzen Blick hinein. Ja, die Kotze war da. Sie war nicht in der Sonne verdunstet, aber dafür getrocknet. Zu meinem Leidwesen klebte sie nun wie Superkleber an der Innensohle. Dagegen gab es kein Mittel. Der Schuh war ruiniert. Ich würde ihn wegwerfen und mir ein neues Paar gönnen, sobald ich Thors Kübelproblem gelöst hätte.

Mein Telefon klingelte und ich wusste, dass es Galloway war, denn Ben hatte den Klingelton auf *Let's Get It On* von Marvin Gaye umgestellt. Ich rannte die Verandatreppe hinauf, was eine gewaltige Fehleinschätzung meinerseits war, denn mein Fuß blieb unter der obersten Stufe hängen und ich flog regelrecht über die Terrasse. Die Luft zischte aus meinen Lungen und mein Kinn schlug so hart auf den Boden, dass meine Zähne klapperten. Panisch kroch ich zur Hintertür und hatte es gerade über die Schwelle geschafft, als das Telefon verstummte. Meine zwölf Geister beobachteten mich. Ich würde gerne sagen, dass sie besorgt waren, aber ihre Gesichter blieben ausdruckslos, was den Schaden nur noch vergrößerte.

Unter Schmerzen zog ich mich am Türrahmen hoch. Da mir so ziemlich die komplette Vorderseite meines Körpers wehtat, humpelte ich zu meinem Telefon und rief Galloway zurück. „Tut mir leid, dass ich deinen Anruf verpasst habe", sagte ich atemlos, als er sich meldete. „Ich war draußen und habe den Verlust meines Schuhs betrauert."

„Katzenkotze?"

„Katzenkotze. Was ist los?"

„Ich wollte nur wissen, ob wir heute Abend einen zusätzlichen Gast zum Essen haben?", fragte

Galloway. „Ich fahre auf dem Heimweg am Drive-in-Schalter vorbei und bin gerade auf dem Sprung. Ich kann noch mehr mitbringen, falls Seb vorbeikommt."

„Nein, wir sind allein."

„Was möchtest du haben?"

„Überrasch mich. Oh, und vielen Dank. Ich würde wahrscheinlich verhungern, wenn du dich nicht so gut um mich kümmern würdest."

Er lachte. „Du hast so lange überlebt. Ich bin mir sicher, dass du das auch weiterhin schaffen würdest."

Nachdem ich das Gespräch beendet hatte, kehrte ich zu der immer noch offenen Hintertür zurück. „Thor! Bandit!", rief ich wieder. „Ihr bekommt heute kein Abendessen! Ich weiß, dass eure Bäuche voller Fischstäbchen sind, die ihr nebenan gestohlen habt."

Ich wartete ein paar Sekunden, und tatsächlich, erst tauchte ein Kopf, dann ein weiterer aus dem Wald nebenan auf.

„Was meinst du mit ‚kein Abendessen'?", wollte Thor wissen und watschelte aus dem Wald auf den Rasen.

„Hey, Mom!", gluckste Bandit und hüpfte neben ihrem besten Freund her.

„Ich meine genau das, was ich gesagt habe",

erklärte ich Thor. „Kein Abendessen. Wie viele Fischstäbchen habt ihr eigentlich gegessen?"

„Alle!", meldete sich Bandit und ich starrte sie mit großen Augen an.

„Alle?", quietschte ich. Das waren … viele! „Habt ihr Bauchschmerzen?"

„Nein", antworteten sie unisono und Thor fügte hinzu: „Aber sie haben eine Weile für viel Luft in meinem Bauch gesorgt." Kein Scherz!

„Wo ist die Tüte, in der sie waren? Ihr habt sie doch nicht im Wald gelassen, oder?"

Bandit erreichte mich als Erste und legte die Pfoten auf meinen Oberschenkel. Ich kraulte abwesend ihre Ohren. „Nein", sagte sie. „Ich habe sie in den Müll geworfen, wie du es mir beigebracht hast."

„Gutes Mädchen." Sie hatten *alle* Fischstäbchen gegessen. Ich konnte es nicht begreifen. Ich könnte kaum eine ganze Tüte Fischstäbchen auf einmal essen. Wie hatten die beiden das geschafft? Und was bedeutete das für … die andere Seite? Würde es riesige Kackexplosionen geben? Mich schauderte es bei dem Gedanken.

„Aua, was ist denn mit dir passiert?" Ben erschien und starrte mich an.

Ich berührte mein Kinn, das noch immer an der

Stelle schmerzte, an der ich mit der Veranda zusammengestoßen war. „Ich bin die Treppe hinaufgestolpert", erklärte ich ihm.

„Ich glaube, du hast dir die Haut abgeschürft", meinte er und beugte sich näher heran.

„Was?" Erschrocken humpelte ich, so schnell es meine schmerzenden Beine zuließen, ins Bad neben meinem Büro und schaute in den Spiegel. „Na, großartig." Eine leuchtend rote Schürfwunde zierte mein Kinn und zog sich knapp drei Zentimeter am Kiefer entlang. „Ich schätze, ich hatte Glück, dass ich mir keine Zähne ausgeschlagen habe."

„Sie passt zu dem blauen Fleck auf deiner Stirn."

Ich hatte versucht, den blauen Fleck mit Make-up abzudecken, aber da ich ständig mein Gesicht berührte, war der Abdeckstift, den ich benutzt hatte, schon längst verblasst.

„Genug von meinem Gesicht." Ich drehte mich vom Spiegel weg. „Was hast du herausgefunden? Wissen wir schon, wer dieser Haufen ist?"

Ben reckte beide Fäuste in die Luft. „Ja, wissen wir. Zumindest glaube ich das."

„Endlich ein Fortschritt!"

„Ich glaube, ich habe es geschafft, dir eine E-Mail zu schicken", meinte Ben und zeigte mit dem Daumen in Richtung Büro.

Die Geister schwebten im Flur herum und ich versuchte, sie zu verscheuchen. „Hört zu", sagte ich ihnen, „wir stehen so kurz vor einem Durchbruch. Könntet ihr vielleicht im Wohnzimmer warten?"

„Engel."

Offenbar war das ein Nein, denn sie folgten mir ins Büro und drängten sich hinter mir. Ich wackelte mit der Maus, um den Computer aufzuwecken, setzte mich hin und öffnete mein E-Mail-Programm. Und tatsächlich, da war eine Nachricht vom Seniorenheim. Als ich sie öffnete, sah ich eine Liste mit Namen. Ich schaute zu Ben hinüber.

„Okay, es geht los", sagte ich. „Haben wir eine Norma Coveny?"

„Engel", antwortete ein Geist hinter mir.

„Ja", sagte Ben. „Sie hat die Hand gehoben. Lies weiter vor."

„Beverley Atkinson?"

„Engel." Ein weiterer Geist identifiziert. Ich ging die gesamte Liste durch. Alle Geister waren anwesend und hatten sich gemeldet.

„Wie hast du das gemacht?", fragte ich Ben. „Woher wusstest du, dass sie es sind?"

„Sie haben Fotos von den Bewohnern gespeichert, also habe ich die Dateien nach bekannten Gesichtern durchsucht."

„Gute Arbeit."

„Sie sind alle innerhalb der letzten drei Jahre gestorben", sagte Ben. „Im Schlaf. Natürliche Todesursachen."

„Dieser Teil ist nicht sehr hilfreich", brummte ich. „Jetzt kennen wir ihre Identitäten, aber wir wissen immer noch nicht, warum sie hier sind. Sie sind eines natürlichen Todes gestorben. Sie hätten hinübergehen sollen."

„Es sei denn, es war keine natürliche Todesursache", meinte Ben.

Ich schnappte nach Luft und drehte den Kopf, um ihn anzusehen. „Willst du damit sagen, dass sie alle … ermordet wurden?"

„Engel", riefen die Geister und jagten mir einen Riesenschrecken ein.

„Leute!", rief ich zurück. „Wir haben doch darüber gesprochen. Bitte! Schreit nicht einfach plötzlich los. Vor allem nicht, wenn ihr so nah neben mir steht." Ich rieb mir die Brust. „Ich glaube nicht, dass mein Herz noch mehr Aufregung ertragen kann."

„Ha!" Ben klopfte mir lachend auf die Schulter. Das war kalt. „Du hast noch viel Leben in dir, Fitz. Ignoriert sie einfach, Leute", sagte er zu den Geistern. „Wir kommen der Lösung des Rätsels näher."

„Sind die Daten neben den Namen jeweils der Tag, an dem sie gestorben sind?" Ich lenkte Bens Aufmerksamkeit wieder auf die E-Mail, die er geschickt hatte.

„Ja. Ich dachte, das könnte nützlich sein. Ich konnte kein Muster erkennen, alles verschiedene Daten, verschiedene Wochentage. Die einzige Verbindung ist, dass sie im Schlaf gestorben sind. Angeblich."

Thor und Bandit stürmten durch die Bürotür ins Haus und riefen im Chor: „Er ist da! Er ist zu Hause!"

„Kade kommt", meinte Ben, trat in den Flur und schaute zur Haustür. „Oooh, er war beim Chinesen. Lecker."

Ich erhob mich von meinem Stuhl und humpelte in den Flur, wobei ich fast in Galloway hineingelaufen wäre.

„Warum hast du jedes Mal, wenn ich durch diese Tür komme, einen neuen blauen Fleck oder eine Schramme?", fragte er und neigte sanft mein Kinn, um den Schaden zu untersuchen, bevor er mir einen Kuss auf die Nasenspitze drückte.

„Weil ich ..."

„Unbeholfen bin", unterbrach er mich. „Ja, ich

weiß. Setz dich." Er deutete auf den Tisch und ich gehorchte, während Galloway das Essen auspackte.

„Hier." Er stellte mir ein Glas Wasser und zwei Schmerztabletten vor die Nase. Gehorsam schluckte ich sie hinunter und lächelte dankbar, bevor ich meinen Teller mit Frühlingsrollen und Chow Mein füllte.

„Wie kommst du mit dem USB-Stick voran?", fragte ich mit vollem Mund.

„Wie weit bis du damit vorangekommen?", meinte Galloway grinsend und deutete mit seinem Stäbchen auf mich.

Ich zuckte mit den Schultern. „Mit dem Stick sind wir nicht allzu weit gekommen, aber wir haben einen Durchbruch bei den anderen Geistern erzielt."

„Oh?"

„Ja. Ben hat herausgefunden, wer sie sind und wann sie gestorben sind. Sie sind alle ehemalige Bewohner des Seniorenheims von Firefly Bay und innerhalb der letzten drei Jahre aus scheinbar natürlichen Gründen im Schlaf gestorben."

„Fitz!", rief Ben aus dem Büro.

„Was?", rief ich zurück. Galloway zuckte in seinem Stuhl zusammen und ließ sein Stäbchen fallen. „Sorry", flüsterte ich und griff über den Tisch, um seinen Handrücken zu berühren. „Ben hat mich gerade aus dem Büro gerufen."

„Ich glaube, ich habe etwas gefunden", rief Ben.

„Er glaubt, er hat etwas gefunden", sagte ich zu Galloway. „Was?", rief ich Ben zu.

„Eine Verbindung zwischen den Daten auf Mollys USB-Stick und unseren Geisterfreunden hier."

Ich sprang so schnell auf, dass mein Stuhl nach hinten kippte. Ich hatte schon den halben Raum durchquert, bevor ich den Schmerz in meinen Hüften und Knien spürte und mein Tempo verlangsamte. Galloway hatte meinen Stuhl zurechtgerückt und war mir gefolgt. Ich ließ mich in meinen Bürostuhl fallen und sah Ben an, der in der Mitte des Schreibtisches stand und eine Hand auf den Computer gelegt hatte. Auf dem Bildschirm wurde die Datei angezeigt, die wir auf Mollys USB-Stick gefunden hatten.

„Sieh mal", meinte ich zu Galloway und zeigte darauf. „Das ist die Datei auf Mollys USB-Stick."

Galloway ging durch die zwölf Geister hindurch, ohne sie zu bemerken, holte den freien Stuhl aus der Ecke und setzte sich neben mich. „Richtig", sagte er.

Ich sah Ben an. „Und?"

„Jede Zahl ist vierzehn Ziffern lang und ergibt

auf den ersten Blick keinen Sinn. Ich konnte sie bisher noch nicht zuordnen. Aber dann habe ich beschlossen, sie rückwärts zu lesen, und da wurde mir klar, dass die letzten sechs Ziffern der Zahlen … jeweils ein Datum bedeuten."

„Er sagt, die letzten sechs Ziffern jeder dieser Zahlen sind ein Datum", übersetzte ich für Galloway.

„Okay. So weit sind wir auch gekommen. Das Jahr wird auf zwei Ziffern abgekürzt, dann folgen Tag und Monat. Aber die acht Ziffern davor konnten wir nicht knacken. Noch nicht", meinte Galloway.

„Was er nicht weiß und was er nicht wissen konnte", sagte Ben aufgeregt, „ist, dass diese Daten mit den Todesdaten unserer Freunde hier übereinstimmen."

„Oh mein Gott!", quietschte ich und schlug mir die Hände vors Gesicht, sodass meine Schürfwunde nur noch mehr brannte.

„Was ist denn los?" Galloway beugte sich näher an den Bildschirm heran, um zu sehen, was mich so aufgeregt hatte.

„Diese Daten? Das sind die Tage, an denen meine Geistergäste gestorben sind", meinte ich und tippte mit dem Finger auf den Monitor, sodass er wackelte. „Galloway, wir müssen zum Altersheim fahren und alles über die Nächte herausfinden, in denen diese Bewohner gestorben sind."

„Engel!", stimmten die Geister zu.

Ich hatte mich schon halb von meinem Stuhl erhoben, als Galloway mir eine Hand auf die Schulter legte und mich festhielt. „Immer mit der Ruhe. Wir werden heute Abend nicht dorthin fahren. Das kann bis morgen warten. Wir brauchen einen Durchsuchungsbeschluss. Das alles", er zeigte auf den Bildschirm, „muss mit dem Mord an Molly zusammenhängen."

„Sie hat herausgefunden, dass jemand die Bewohner getötet hat!"

„Vielleicht. Wir wissen nicht, was sie herausgefunden hat", beharrte er. „Wir müssen herausfinden, was der Rest dieser Zahlen bedeutet."

Ich sackte in meinem Sitz zusammen. Er hatte nicht ganz unrecht. Ich hatte eine halbe Theorie, und obwohl ich über Bens Fähigkeit verfügte, digitale Daten zu lesen, brauchte ich Galloways Durchsuchungsbeschluss, um die Sache legal zu machen, damit die Anklagen, die schließlich erhoben wurden, auch Bestand haben würden.

Galloway grinste mich an. „Ich weiß, du hasst es, wenn du weißt, dass ich recht habe", stichelte er.

„Ja, das tue ich", stimmte ich ihm zu.

„Komm und iss auf. Und nach einem langen Bad geht es dann früh ins Bett. Ich werde den Beschluss als dringlich erklären und ihn morgen bekommen, vorausgesetzt, der Richter hat nichts dagegen, an einem Sonntag gestört zu werden."

„Kommst du mit in die Wanne?", fragte ich hoffnungsvoll. Sein Grinsen konnte man nur als wölfisch bezeichnen. Mein Herz klopfte in meiner Brust vor Erwartung. „Na dann los, lass uns essen!"

# KAPITEL 14

„ *W*o sollen wir anfangen?", fragte ich, als ich neben Galloway im Foyer des Seniorenheims von Firefly Bay stand. Wie sich herausgestellt hatte, war der Richter gut gelaunt gewesen, und Galloway hielt den Beschluss in der Hand. Er hatte ihn an der Rezeption vorgelegt und der medizinische Direktor der Einrichtung war über unsere Anwesenheit informiert worden.

„*Wir* fangen nirgendwo an", betonte Galloway. „Officer Walsh und Officer Jacobs dagegen werden …"

„Im Behandlungsraum?", schlug ich vor. Denn von dort, wo ich stand, konnte ich den Behandlungsraum sehen, und ich erinnerte mich, dass ich bei meinem letzten Besuch den

Medikamentenschrank gesehen hatte. Zu dem Dean Zugang hatte. Ich senkte die Stimme. „Dean Ackerman hat schlimme Rückenschmerzen", sagte ich. „Sowohl seine Freundin als auch seine Frau erwähnten, dass er ständig Schmerztabletten nimmt."

„Ein hervorragender Ausgangspunkt, aber denk daran, dass wir den Beweisen folgen. Wir passen die Beweise nicht an den Verdächtigen an."

„Verstanden."

Galloway hatte natürlich recht. Ich durfte mich eigentlich nicht an der Durchsuchung beteiligen. Das war Officer Noah Walsh und Officer Sarah Jacobs vorbehalten, die nicht mit der Wimper gezuckt hatten, als ich mit Galloway hereingekommen war. Von Zeit zu Zeit erlaubte mir Galloway, unter dem Deckmantel einer Beraterin an seinen Fällen mitzuarbeiten, und heute war eine dieser Gelegenheiten. Manchmal erwies es sich als durchaus hilfreich, dass er mein Verantwortlicher während der Ausbildung zur Privatdetektivin gewesen war.

Überraschenderweise brauchten sie nicht lange, um herauszufinden, was Molly entdeckt hatte. Die sechs Ziffern am Anfang ihres Codes standen für verschiedene Medikamente. Es gab jeweils einen

Code für Opioide, einen für Beruhigungsmittel und einen für Morphin. Und bei allen drei Medikamenten gab es Diskrepanzen, auch wenn sich jemand große Mühe gegeben hatte, die Tatsache zu verbergen, dass Medikamente fehlten.

„Entschuldigung." Ein Mann im Anzug erschien in der Tür des Behandlungsraums. „Ich bin David Boyer, der medizinische Direktor. Kann ich Ihnen irgendwie behilflich sein?" Er hatte volles graues Haar und musste um die sechzig sein, hatte aber keine Falten und eine starre Mimik. Dieser Kerl war mit Botox vollgepumpt, doch seine Hände verrieten ihn. Die trockene, papierartige Haut mit Altersflecken bezeugte sein wahres Alter.

„Bitte treten Sie zurück." Galloway stellte sich zwischen mich und den Arzt. „Ich bin Detective Galloway. Das sind Officer Walsh und Jacobs und Audrey Fitzgerald."

David schaute uns nacheinander an, bevor sein Blick schließlich an Galloway hängen blieb. Dann hob er die Hände und ging zwei Schritte zurück in den Flur. „Entschuldigung."

„Alles gut." Galloway nickte knapp, zog sein Handy heraus und wischte zu seiner Notiz-App. „Wer hat Zugang zu diesem Raum?"

„Das gesamte Pflege- und Reinigungspersonal."

„Und zum Medikamentenschrank?“ Galloway wies mit dem Daumen auf den Schrank, der nun offen stand. Im oberen Teil befanden sich Schachteln mit verschiedenen Medikamenten. Der Bodenbereich war gekühlt und enthielt Fläschchen mit Insulin und Morphium sowie möglicherweise einige Impfstoffe im hinteren Teil.

„Oh, nur die Pflegedienstleitung und die examinierten Krankenschwestern und Pfleger. Alle Medikamente müssen vor der Verabreichung doppelt überprüft werden.“

„Von wem doppelt geprüft?“

„Die examinierte Schwester oder der examinierte Pfleger stellt die Medikamente in der Regel gemäß der Krankenakte des Bewohners oder der Bewohnerin zusammen und eine Pflegekraft überprüft, ob die Dosierung korrekt ist.“

„Und wer füllt das Formular aus?“

„Die examinierte Kraft.“

„Ich brauche eine Liste all Ihrer examinierten Kräfte.“

David nickte knapp und ließ erneut den Blick durch den Raum schweifen, um zu sehen, was die Beamten taten.

„Und wann dwar die letzte Prüfung?“, fragte Galloway.

„Für die Medikamente? Da müsste ich nachsehen. Im Moment habe ich diese Informationen nicht zur Hand."

„Gut." Galloway reichte ihm eine Karte. „Wenn Sie das alles an diese E-Mail-Adresse weiterleiten könnten, wäre ich Ihnen sehr dankbar."

„Ist das alles wirklich notwendig?", schnaubte David und wedelte mit der Hand in der Luft herum.

„Ein Mitglied Ihres Personals wurde ermordet", meinte Galloway. „Ich hätte gedacht, dass Sie sich dafür interessieren würden, was mit der Frau passiert ist."

„Molly Lewis war eine Pflegehelferin. Sie hatte keinen Zugang zu Arzneimitteln. Daher verstehe ich nicht, warum Sie diese Informationen von uns benötigen." Davids Stimme klang defensiv und weinerlich.

„Molly mag keinen Zugang gehabt haben, ihr Mörder schon", schoss Galloway zurück, und wenn Davids Augenbrauen sich hätten bewegen können, wären sie wohl im Haaransatz gelandet. Wenn ich es mir recht überlegte, trug er ein Toupet? Ich blinzelte und ging näher heran, um es besser sehen zu können. Ja! Definitiv ein Toupet.

„Ich muss Sie sicher nicht daran erinnern, dass dies eine polizeiliche Untersuchung ist und wir einen Durchsuchungsbeschluss haben. Falls ich herausfinden sollte, dass Sie Informationen zurückgehalten haben, können Sie wegen Behinderung der Ermittlungen belangt werden."

Davids Augen verengten sich zu schmalen Schlitzen. „Ich werde meine Assistentin bitten, Ihnen die gewünschten Informationen zuzusenden." Dann machte er auf dem Absatz kehrt und ging davon.

„Was für ein netter Kerl", meldete ich mich zu Wort.

Er zuckte mit den Schultern und drehte sich zu mir um. „Toupet?", fragte er.

„Definitiv."

„Wir werden die Pathologen bitten, die fehlenden Beruhigungsmittel mit denen abzugleichen, die in Mollys Körper gefunden wurden", sagte Galloway und sah zu, wie die Officers Walsh und Jacobs alles fotografierten und protokollierten.

„Und Dean?", hakte ich nach.

„Ich werde einen Durchsuchungsbeschluss für seine Wohnung beantragen." Galloway hatte sein Telefon schon in der Hand und wählte. Ich verließ den Behandlungsraum und schlenderte im Flur herum. Ich wusste, dass die Durchsuchung nicht im Behandlungsraum enden würde. Der Beschluss gab den Beamten einen Freibrief für die gesamte Einrichtung, mit Ausnahme der Zimmer der Bewohner. Ich nahm an, dass wir den ganzen Tag hier sein würden.

„Was ist denn hier los?" Sharon Mooney kam auf mich zu und zog die Augenbrauen zusammen, während ihr Blick in den überfüllten Behandlungsraum und zurück zu mir wanderte.

„Sie haben einen Durchsuchungsbeschluss", erklärte ich ihr.

„Wirklich?" Ihre Stimme stieg um drei Oktaven an. „Warum?"

„Mollys Tod war kein Unfall. Es wurden Beruhigungsmittel in ihrem Körper gefunden."

Sharons Augen verengten sich wie vorhin die von David Boyer zu schmalen Schlitzen. „Und die Polizei glaubt, dass sie von hier stammen?"

Ich zuckte mit den Schultern. „Das müssen die Beamten noch herausfinden. Molly hat hier gearbeitet. Und hier gibt es Medikamente."

„Ja, aber Molly hat ... hatte keinen Zugang zu ihnen." Sharons Tonfall war entrüstet, als hielte sie es für einen persönlichen Affront, dass wir Molly des Medikamentendiebstahls verdächtigten.

Ich legte den Kopf schief und taxierte Sharon. Sie sah schlimmer aus als je zuvor, regelrecht ausgezehrt und älter als ihre sechzig Jahre. „Ich glaube kaum, dass Molly Beruhigungsmittel gestohlen, sie zusammen mit Alkohol eingenommen und sich dann hinters Steuer gesetzt hat", meinte ich.

Sharon schwieg und ich konnte praktisch sehen, wie sich die Rädchen in ihrem Gehirn drehten. „Oh. Glauben Sie, dass jemand anderes ihr das Beruhigungsmittel ohne ihr Wissen verabreicht hat? Aber warum?"

„Genau das versuchen wir herauszufinden."

Sie rieb sich die Schulter, blickte zurück in den Behandlungsraum und sah zu, wie die Beamten alles aus den Schränken holten. „Sie sind sehr gründlich", murmelte sie, mehr zu sich selbst als zu mir.

„Mmh", stimmte ich zu.

Sharon kaute auf ihrer Unterlippe und runzelte die Stirn.

„Ist alles in Ordnung?" Ich streckte die Hand aus und berührte ihre Schulter, zog sie aber wieder zurück, als sie zusammenzuckte.

„Entschuldigung." Sie verzog das Gesicht. „Die Schleimbeutelentzündung in meiner Schulter ist zurück. Selbst schuld. Ich habe die Möbel in meinem Wohnzimmer umgestellt und das Sofa war schwerer, als es aussah."

„Autsch, das hatte mein Vater auch, war ziemlich

unangenehm", sagte ich mitleidvoll, wobei ich nicht wirklich auf Sharons Beschwerden achtete, sondern auf das, was im Behandlungsraum vor sich ging. Medikamente fehlten und ich war mir zu neunundneunzig Prozent sicher, dass Dean Ackerman der Dieb und möglicherweise auch Mollys Mörder war. Dass Molly von seiner Affäre gewusst hatte, war ein fadenscheiniges Motiv, aber wenn Molly herausgefunden hatte, dass er Medikamente gestohlen hatte? Das wäre ein Mordmotiv.

Alles passte zusammen. Mollys Code. An den Tagen, an denen meine Geister gestorben waren, war Morphium verschwunden. Und die Geister riefen ständig ‚Engel'. Ich hatte endlich herausgefunden, was sie damit meinten. Sie versuchten, mir zu sagen, dass es im Seniorenheim von Firefly Bay einen Engel der Barmherzigkeit gab. Irgendjemand – Dean – tötete die Bewohner in einem vermeintlichen Akt der Barmherzigkeit und erlöste sie von ihrem vermeintlichen Leid.

Galloway rief meinen Namen und winkte mit dem Telefon. Sharon murmelte etwas von einem Eisbeutel und eilte von dannen.

„Hast du den Beschluss schon?", fragte ich und war überrascht, wie schnell er es geschafft hatte.

„Jepp. Wir überlassen das Feld Walsh und Jacobs. Wir beide durchsuchen Ackermans Haus. Für den Kerl sieht es immer schlechter aus."

***

Dean und Katherine Ackerman waren zu Hause, als wir mit dem Durchsuchungsbeschluss eintrafen. Vermutlich hatte Galloway den Richter um einen Gefallen bitten müssen, damit er die Beschlüsse an einem Wochenende unterschrieb.

„Warum tun Sie das?", stotterte Dean und trat von einem Fuß auf den anderen, sein Gesicht war blass.

„Weil Molly Lewis tot ist", meinte Galloway und drückte ihm den Beschluss in die Hand, als er sich weigerte, ihn anzunehmen.

„Was?", krächzte Dean. „Ich habe Molly nicht umgebracht. Ich schwöre es! Warum hätte ich das tun sollen?"

Galloway zog eine Augenbraue hoch. „Wollen Sie wirklich, dass ich diese Frage hier, vor Ihrer Frau, beantworte?"

Dean schaute verzweifelt zu Katherine, die völlig

verwirrt neben ihm stand. Die arme Frau tat mir leid.

„Hören Sie." Dean senkte die Stimme. „Ich habe Molly Lewis nicht getötet, auch wenn Sie das vielleicht denken. Ich habe kein Motiv."

„Und er hat ein Alibi", meldete sich Katherine zu Wort. „Er war bei der Arbeit."

Das behauptete er zumindest. Obwohl Dean laut Dienstplan bei der Arbeit gewesen war, musste ich mich noch bei seinen Kollegen vergewissern, ob er tatsächlich dort gewesen war und nicht mit Angela herumgeknutscht hatte. Ich ärgerte mich, dass ich die Gelegenheit nicht genutzt hatte, als Galloway und seine Kollegen die Durchsuchung durchgeführt hatten. Sie wäre perfekt gewesen.

„Wenn Sie bitte auf der Couch Platz nehmen würden." Galloway führte sie ins Wohnzimmer. „Das sollte nicht lange dauern."

Galloway schnappte sich ein Paar Latexhandschuhe und ging den Flur entlang, wobei er in die Zimmer schaute, um das Badezimmer zu finden. Ich hatte ihn bereits vorgewarnt, dass Ben Medikamente im Badezimmerschrank gesehen hatte. Einen Geist als besten Freund zu haben, hatte seine Vorteile.

„Hände in die Taschen", wies mich Galloway an,

und ich steckte die Hände pflichtbewusst in die Gesäßtaschen meiner Jeans, um nicht in Versuchung zu kommen, etwas anzufassen. Ich wartete in der Tür, während Galloway direkt auf den Schrank zuging. Und tatsächlich, ein Regal voller Medikamente erwartete ihn.

Er nahm eine Dose mit Tabletten in die Hand und las das Etikett. „Dimethylfumarat. Verschreibungspflichtig. Ausgestellt auf Katherine Ackerman."

„Katherine hat MS", erklärte ich ihm. „Deshalb arbeitet sie nur ein paar Stunden pro Woche, weil sie schnell müde wird, was wiederum einen Schub auslösen könnte."

„Okay." Er nickte und stellte die Tabletten zurück. Als Nächstes nahm er ein Tablettenblister heraus. Galloway hielt es hoch und blinzelte. „OxyContin", las er. Er legte es auf den Waschtisch und nahm eine teilweise leere Packung in die Hand, die sich leicht von der ersten unterschied. „Temazepam", las er.

„Das sind die Schmerz- und Schlaftabletten, die im Altersheim fehlen", bestätigte ich.

„Ja, aber nicht in großen Mengen. Und es gibt keinen Beweis dafür, dass sie gestohlen wurden. Er könnte sie legitim erworben haben, vorausgesetzt,

Ackerman kann beweisen, dass er ein Rezept für sie hatte."

„Nach welcher Menge suchen wir denn?", wollte ich wissen. Ich wusste nur, dass Medikamente fehlten.

„Er war clever. Er hat jeweils nur ein Blister aus mehreren Verpackungen genommen, wobei er die vorderen Kartons immer voll ließ, sodass niemand bemerkte, dass die hinteren Kartons nicht die richtige Menge enthielten", erklärte er mir.

„Bis Molly eine Prüfung durchgeführt hat. Aber sie hatte keinen direkten Zugang zum Medikamentenschrank, jemand hätte ihn für sie aufschließen müssen. Wenn dieser jemand Dean gewesen wäre, hätte er sie irgendwie vertröstet oder sich freiwillig gemeldet, um die Zahlen zu fälschen."

Galloway nickte. „Wenn es Dean war." Er durchwühlte weiter den Badezimmerschrank und ging dann zum Waschtisch. Er hob eine Taschentuchschachtel auf, schüttelte sie beiläufig, als er sie beiseiteschob, und erstarrte dann.

„Hast du das gehört?", fragte er.

„Klingt nach mehr als Taschentüchern." Ich ging näher heran und beäugte sie neugierig. Galloway zog ein Bündel Taschentücher heraus. Am Boden der Box befanden sich mindestens ein Dutzend Blisterpackungen. „Bingo."

Er zog eine Beweismitteltüte aus seiner Gesäßtasche und legte die Streifen hinein. „Mal sehen, was er dazu zu sagen hat."

Dean und Katherine saßen nebeneinander auf dem Sofa und hielten sich an den Händen. Ich hätte es süß gefunden, wenn Dean kein fremdgehender, medikamentenabhängiger Mistkerl gewesen wäre.

„Können Sie das erklären?", fragte Galloway und hielt die Tüte hoch.

„Was ist das?", fragte Katherine.

„OxyContin und Temazepam", meinte Galloway. „Gestohlen aus dem Seniorenheim von Firefly Bay."

„Was?", keuchte Katherine und drehte sich zu ihrem Mann um. „Dean?"

Er sackte in sich zusammen. Dieser Typ besaß wirklich kein Rückgrat. Ich war erstaunt, dass er den Mut hatte, nicht nur Medikamente zu stehlen, sondern auch mehrere Affären zu haben, denn sobald er mit etwas konfrontiert wurde, knickte er immer sofort ein.

„Okay, ich gebe es zu." Er ließ die Hand seiner Frau los und warf die Arme in die Luft. „Ich habe einen schlimmen Rücken. Der Arzt hat sich geweigert, mir noch mehr Schmerzmittel zu

verschreiben, und ich brauchte es. *Ich brauchte* es."
Seine Stimme wurde lauter, sein Fuß wippte, sein
ganzes Bein zuckte. "Und da lag es einfach so herum,
im Medikamentenschrank auf der Arbeit.
Niemandem würde auffallen, wenn ich ein oder
zwei Blister nehmen würde."

"Das sind mehr als ein oder zwei Blister", meinte
Galloway.

"Ich würde sagen, Sie sind süchtig, Dean", fügte
ich hinzu.

Er schoss hoch und machte einen bedrohlichen
Schritt auf mich zu. "Das bin ich nicht!", schrie er.
"Ich bin nicht süchtig!"

Galloway stellte sich vor mich und zeigte auf
Dean. "Hinsetzen! Sofort!" Seine Stimme klang
voller Autorität.

Katherine saß mit großen Augen da und sah von
ihrem Mann zu Galloway und wieder zurück.

Dean fiel neben ihr wie ein undichter Luftballon
zusammen. "Es tut mir leid", murmelte er.

"Und Sie brauchten das Temazepam, um schlafen
zu können?", fragte Galloway.

Dean schüttelte den Kopf. "Nein. Das ist für
Katherine."

"Was?" Sie sah ihren Mann schockiert an.

Er drehte sich zu ihr um, sein Gesicht war voller

Liebe und Traurigkeit. „Es tut mir leid", flüsterte er und seine Augen füllten sich mit Tränen. „Es tut mir so leid."

„Was ist hier los?", wollte sie wissen.

„Haben Sie Ihrer Frau ohne ihr Wissen Schlafmittel verabreicht?", fragte Galloway.

Und in dem Moment fiel mir ein, was Katherine mir erzählt hatte. Dass Dean ihr immer eine Tasse Tee machte, bevor er zur Arbeit ging. Dass sie sich damals ihre Lieblingsserie angesehen und er ihr eine Tasse Tee gebracht hatte. Sie war bald so müde gewesen, dass sie früh ins Bett gegangen war. Weil in ihrem Tee Temazepam gewesen war.

Dean nickte und Katherine begann zu weinen.

„Und das Morphium?", hakte Galloway nach. „Wo ist das? Wenn ich in Ihrem Kühlschrank nachsehe, werde ich es da finden?"

„Was? Niemals! Ich nehme kein Morphium. Ich habe es nicht einmal angefasst. Ich schwöre, ich habe kein Morphium von der Arbeit gestohlen. Sehen Sie nach!"

„Das werde ich." Galloway verbrachte die nächsten Minuten damit, den Kühlschrank zu durchsuchen, während ich bei den Ackermans blieb und beobachtete, wie Dean versuchte, Katherine zu trösten, die verwirrt und verletzt war über das, was sie gerade über ihren Mann erfahren hatte. Aber sie hatte die Frage, auf die ich gewartet hatte, noch nicht gestellt. Oder vielleicht ahnte sie, wie die Antwort lauten würde, und wollte es nicht wissen, wollte nicht bestätigt bekommen, dass ihr Mann ihr mit Schlafmittel versetzten Tee gegeben hatte, damit sie nicht merkte, dass er sie betrog. So verwischte man seine Spuren, wenn man lange wegblieb oder früh zur Arbeit ging.

„Ich schwöre bei Gott", sagte Dean zu mir, „ich habe kein Morphium genommen. Ich brauchte einfach das Schmerzmittel. Die Beruhigungsmittel waren für Katherine, damit sie schlafen kann."

„Klar." Ich zuckte mit den Schultern und glaubte ihm nicht.

„Sehen Sie doch!" Er stand auf und streckte beide Arme nach mir aus. „Keine Spuren. Ich nehme kein Morphium. Ich habe keinen Grund, es zu stehlen."

„Junkies spritzen sich nicht nur in die Arme", meinte ich.

„Ich bin kein Junkie!", protestierte er vehement.

„Sie sind süchtig. Nur weil es sich um ein verschreibungspflichtiges Medikament handelt, ist man nicht weniger süchtig."

„Okay, gut." Er setzte sich wieder hin. „Ich bin

süchtig. Ich bin süchtig nach Schmerzmitteln. Nicht nach Morphium. Ich spritze nichts."

„Nichts da." Galloway kehrte zurück. „Ich glaube ihm. Ich denke nicht, dass er das Morphium genommen hat."

„Wie viel fehlt?", fragte Dean.

„Das darf ich nicht sagen."

„Was passiert jetzt?", fragte Katherine mit blutunterlaufenen Augen und roter Nase.

„Ich schicke das hier ins Labor, um zu bestätigen, dass die Medikamente mit denen übereinstimmen, die bei Deans Arbeitgeber fehlen. Sie müssen damit rechnen, dass Anklage gegen Sie erhoben wird. In der Zwischenzeit sollten Sie die Stadt nicht verlassen."

Dean und Katherine nickten niedergeschlagen, während wir uns verabschiedeten.

Zurück im Auto drehte ich mich zu Galloway um. „Molly hatte also recht. Dean hat Medikamente gestohlen."

„Es sieht ganz so aus. Das Problem ist, dass Dean ein hieb- und stichfestes Alibi hat. Zum Zeitpunkt ihres Todes war er bei der Arbeit."

„Bist du sicher, dass er sich in seiner Pause nicht zu einem kleinen Stelldichein verdrückt hat oder so?"

Galloway schüttelte den Kopf. „Die Zeiten passen nicht zusammen. Kollegen haben Dean im Haus gesehen und er hat seine Pause im Gemeinschaftsraum verbracht und ist erst nach Ende seiner Schicht gegangen."

„Und das muss der Zeitpunkt gewesen sein, als er Angela besuchte. Zwischen dem Feierabend und dem Nachhausegehen."

„Ihr Alibi wurde auch bestätigt. Sie hat ebenfalls nachts gearbeitet und war die ganze Zeit über im Heim."

„Also, wer zum Teufel hat Molly getötet?", wollte ich wissen. „Dean hat definitiv ein Motiv. Molly wusste von der Affäre und von den fehlenden Medikamenten."

„Aber wusste sie auch, dass Dean der Dieb war?", fragte Galloway. „Sie war klug genug, ihre Erkenntnisse in Form eines Codes aufzuzeichnen, aber dieser Code enthält keinen Hinweis darauf, dass sie Dean für den Täter hielt."

Ich schnippte mit den Fingern. „Ich habe das Ganze aus dem falschen Blickwinkel gesehen", erklärte ich. „Molly hat sich nicht auf die fehlenden Medikamente konzentriert ... also nicht direkt. Sie wollte beweisen, dass jemand Bewohner umbringt. Jemand hält sich für einen Engel der

Barmherzigkeit, der die alten Menschen aus ihrem vermeintlichen Elend befreit. Und ich vermute, dass keine Autopsie durchgeführt wurde, weil bei allen Todesfällen von einer natürlichen Ursache ausgegangen wurde."

„Ich kann das noch einmal überprüfen."

„Die Leichen wurden wahrscheinlich überhaupt nicht untersucht, was bedeutet, dass niemand nach einem Einstich gesucht hat."

„Du glaubst, er hat das Morphium benutzt, um ihnen eine Überdosis zu setzen?"

„Nun, er wird sie nicht geweckt und gesagt haben: *Hier, Sie haben vergessen, Ihre Medikamente zu nehmen. Können Sie einfach diese sechs Pillen schlucken?* Alle Todesfälle ereigneten sich nachts. Wir müssen also nur die Dienstpläne überprüfen. Ich wette, Dean Ackerman hat in den Nächten, in denen sie starben, gearbeitet, und Molly stand kurz davor, ihn zu entlarven."

„Das erklärt aber immer noch nicht, wie er es geschafft hat, an zwei Orten gleichzeitig zu sein", gab Galloway zu bedenken. „Wie konnte er gleichzeitig bei der Arbeit sein und Molly töten."

„Ja. Daran arbeite ich noch."

Wie hatte Dean das gemacht?

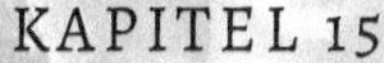

# KAPITEL 15

„Gute Nachrichten, meine Geisterfreunde", erklärte ich den zwölf Geistern, nachdem Galloway mich zu Hause abgesetzt hatte. Zum ersten Mal *überhaupt* blieben sie mitten in meinem Wohnzimmer stehen. Ich brachte Daumen und Zeigefinger zusammen. „Ich bin so kurz davor, euren Fall zu lösen."

„Engel?", riefen sie im Chor.

„Engel bedeutet Engel der Barmherzigkeit, richtig?", wollte ich wissen.

„Engel." Sie nickten.

„Jemand hat euch in der Nacht, in der ihr gestorben seid, eine Überdosis Morphium gegeben."

„Engel", sagten sie übereinstimmend.

„Nur, dass ihr natürlich geschlafen habt. Also

konntet ihr nicht sehen, wer es war. Aber ihr habt gewusst, dass euer Tod kein natürlicher war. Ursache waren die Medikamente. Deshalb seid ihr hier geblieben. Wo wart ihr denn die ganze Zeit?", fragte ich aus einem spontanen Impuls heraus. „Habt ihr im Heim herumgehangen?"

„Engel."

„Richtig. Macht nichts, ist auch egal. Einer der examinierten Krankenpfleger, Dean Ackerman, hat sich aus dem Medikamentenschrank wie aus seiner persönlichen Apotheke bedient. Jetzt müssen wir nur noch seinen Dienstplan mit den Nächten abgleichen, in denen ihr gestorben seid, und schon haben wir unseren Mann. Oder Engel. Obwohl ich ihn nicht als Engel bezeichnen möchte, weil das so klingt, als würde er etwas Gutes und Wertvolles tun, was er nicht tut. Er täuscht das nur vor."

„Ähm, Fitz?", unterbrach Ben mich.

„Ja?"

Er deutete auf die Hintertür, und als ich mich umdrehte, stand Seb da und beobachtete mich durch die Glasscheibe.

„Heiliger Strohsack", flüsterte ich. „Hat er gerade gesehen, wie ich…"

„Hat er."

„Ich lass mir etwas einfallen." Ich straffte die

Schultern, ging zur Tür und schob sie auf. „Seb!", begrüßte ich ihn. „Was kann ich für dich tun?"

„Ich habe es herausgefunden", sagte Seb, trat über die Schwelle und suchte mit dem Blick das Wohnzimmer ab, als ob er die zwölf Geister und Ben sehen könnte.

„Oh?" Ich ging zur Kaffeemaschine. „Kaffee?"

„Natürlich." Seb nahm am Küchentresen Platz. „Du sprichst mit den Toten, nicht wahr?"

Der Becher, den ich in der Hand hielt, glitt mir durch die Finger und zerbrach auf dem Boden.

„Hey, ist schon gut!", rief Seb und eilte um die Theke herum, um die Scherben des zerbrochenen Geschirrs aufzusammeln, während ich fassungslos dastand. „Ich werde es niemandem sagen. Und ich glaube auch nicht, dass du ein Freak bist", fügte er hinzu und schaute zu mir auf. „Was ist mit deinem Kinn passiert?"

Ich berührte die Schürfwunde. „Ich bin auf der Treppe gestolpert", antwortete ich abwesend. Ich war in einer Mischung aus Unglauben und Entsetzen wie erstarrt. Er hatte die Wahrheit erraten und jetzt ging es um Leben und Tod. Gestehen oder die Lüge aufrechterhalten. Ich schaute zu Ben hinüber, der mit den Schultern zuckte.

„Also, wer ist es? Wer ist hier?", fragte Seb, trug

die Scherben zum Mülleimer und warf sie hinein. Er schnippte mit den Fingern und zeigte auf mich, so aufgeregt wie ein Kind in einem Süßwarenladen. „Ich weiß es, ich weiß es, es ist dein Freund! Derjenige, der früher hier gewohnt hat. Er spukt hier herum, stimmt's?"

„Ich würde das nicht als spuken bezeichnen", brummte Ben, und bevor ich meinen Verstand einschalten konnte, um meinem Mund zu sagen, dass er still sein sollte, hatte ich schon geantwortet: „Er mag das Wort Spuken nicht."

Ben lachte laut auf. „Jetzt ist die Wahrheit raus, Fitz."

„In Ordnung. Er wohnt also immer noch hier? Obwohl, können wir es leben nennen, wenn er, du weißt schon, nicht mehr lebt?", fuhr Seb fort, als wäre mir nicht gerade herausgerutscht, dass ich tatsächlich mit dem Geist meines besten Freundes sprach.

„Er ist hier, ja." So. Jetzt hatte ich es gesagt. Jetzt musste ich darauf vertrauen, dass Seb sein Wort halten würde. Ich kreuzte die Finger hinter dem Rücken, als ob das helfen würde.

„Das ist so cool." Seb rieb sich die Hände, dann sah er die Beklemmung, die mir ins Gesicht geschrieben stehen musste. „Ich schwöre, ich werde kein Wort sagen. Versprochen." Er machte ein Kreuzzeichen über sein Herz. „Weiß es sonst noch jemand?"

„Galloway", gestand ich. „Bitte sag niemandem etwas. Ich möchte nicht, dass die Leute wissen, dass ich mit Geistern reden kann, okay?" Obwohl er es bereits versprochen hatte, musste ich es noch einmal hören.

„Ich schwöre bei meinem Leben", sagte Seb feierlich.

„Das reicht mir!", erklärte Ben und ich schenkte ihm ein schwaches Lächeln.

„Ich hoffe, ich mache keinen kolossalen Fehler", sagte ich zu Seb und griff in den Hängeschrank, um einen neuen Becher zu holen.

„Das machst du nicht. Wenn einer sein Wort hält, dann ich. Also, wie kommst du in dem Fall voran?" Er setzte sich wieder auf seinen Platz. „Hilft dir dein Freund – wie heißt er eigentlich? – bei deinen Fällen?"

„Er heißt Ben, und ja, er hilft mir. Früher war er beim Firefly Bay Police Department gewesen, dann wurde er Privatdetektiv. Delaney Investigations war seine Detektei."

Seb stützte das Kinn auf die Hand und lauschte jedem Wort, während ich ihn über Mollys Fall und die zwölf Geister aufklärte, die jetzt hinter ihm standen und unverhohlen sein gutes Aussehen bewunderten. Ich dachte mir, wenn sie ihn guthießen, dann hätte ich nichts zu befürchten.

„Und was jetzt?", fragte Seb, nachdem ich ihn auf den neuesten Stand gebracht hatte.

„Galloway schickt die Dienstpläne rüber. Ich muss nur noch bestätigen, dass Dean in den Nächten, in denen die Bewohner starben, gearbeitet hat, und schon haben wir den Mörder."

„Aber das beweist nicht, dass er Molly getötet hat", sagte Seb.

„Ich weiß. Ich hoffe, dass er unter Druck zusammenbricht und gesteht." Eine vernünftige Annahme, wenn man bedachte, dass Dean eingeknickt war, als wir ihn vorhin zur Rede gestellt hatten.

Seb nickte neben mir.

„Was hat dich überhaupt zu mir geführt?", wollte ich wissen.

„Oh!" Er klatschte in die Hände. „Thor muss sich doch ständig übergeben. Ich glaube, ich weiß warum."

„Ach wirklich? Schieß los!"

„Auf meiner Veranda steht eine große Topfpflanze,

die den deutlichen Abdruck von etwas, oder sollte ich sagen, von jemandem aufweist, der sie als Bett benutzt. Das graue Fell gab mir auch einen eindeutigen Hinweis darauf, wer der Täter sein könnte."

„Ach, du meine Güte! Thor schläft in deinen Pflanzen?"

Seb zuckte mit den Schultern. „Nicht ganz, das ist nicht meine Pflanze. Als der frühere Besitzer ausgezogen ist, hat er sie einfach zurückgelassen."

Ich beschloss, Seb noch nichts von Mrs Hill zu erzählen. Ich hatte noch genug Zeit, um ihn über die gemeingefährliche alte Dame aufzuklären, die dort gewohnt hatte.

„Jedenfalls dachte ich, ich schaue mal nach, was das für eine Pflanze ist, da Thor offensichtlich in ihr geschlafen hat, und ich fragte mich, ob sie vielleicht …"

„Vielleicht giftig ist?", fiel ich ihm ins Wort und folgte seinem Gedankengang.

„Genau!"

„Und?"

„Es ist eine Chrysantheme und Chrysanthemenblüten sind leicht giftig für Katzen. Die Pollen der Blumen könnten auf sein Fell gelangt sein, und wenn er sich putzt …"

„Nimmt er sie auf. Und das macht ihn krank", beendete ich seinen Satz.

„Na, wer hätte das gedacht", murmelte Ben. „Sieht so aus, als hätten wir noch einen Detektiv an der Hand."

„Richtig." Ich grinste.

Seb sah sich um. „Du hast mit Ben gesprochen, oder?"

„Ja, tut mir leid. Er meint, du wärst ein guter Detektiv."

Seb reckte den Kopf und strich mit den Fingern über ein imaginäres Revers. „Nun, vielen Dank. Ich gebe mein Bestes." Er rutschte vom Barhocker und streckte sich. „Wie auch immer, ich muss jetzt gehen. Ich wollte dir nur sagen, dass ich alle Blüten von der Chrysantheme abgeschnitten habe, damit du keine Probleme mehr mit Katzenkotze hast."

„Danke. Dafür und für alles andere auch." Ich begleitete ihn zur Tür.

„Null problemo." Er winkte. „Viel Glück mit dem Fall, Becket."

„Pass auf dich auf, Castle."

Nachdem er gegangen war, drehte ich mich zu Ben um. „Und? Habe ich gerade einen Fehler gemacht?"

„Weil du Seb vertraust? Nein, ich denke, er hält sein Wort. Ich mag ihn."

„Ich auch. Es wäre schade, wenn er sich als unzuverlässiger Idiot entpuppt."

„Engel", stimmten die Geister zu.

Ich rieb die Hände und ging in Richtung meines Büros. „Richtig. Galloway meinte, er würde mir die Dienstpläne der letzten drei Jahre per E-Mail schicken. Lust, mir zu helfen?"

„Mit Hilfe meinst du, dass ich das für dich tun soll, oder?", fragte Ben, der neben mir schwebte.

„Natürlich!", erklärte ich. „Weil ich eine Idee habe."

„Und jetzt hast du Kopfschmerzen", stichelte Ben.

„Ha ha." Ich schlug ihm auf die Schulter und geriet ins Stolpern. Taumelnd erlangte ich mein Gleichgewicht wieder. „Nein. Während du die Listen durchgehst, werde ich Mollys Schritte in der Nacht, in der sie starb, zurückverfolgen."

„Denkst du nicht, dass Galloway das längst getan hat?"

Ich zuckte mit den Schultern. „Wahrscheinlich schon. Aber sie haben noch niemanden verhaftet, also nehme ich an, dass sie noch nichts herausgefunden haben. Molly war in der Nacht, in der sie starb, mit jemandem verabredet. Sie hatte Alkohol im Körper. Das lässt mich vermuten, dass sie sich in einem Pub oder in einer Bar getroffen haben."

„Oder im Haus des Mörders."

„Aber wenn das der Fall wäre, warum dann der aufwendige Autounfall? Warum hat er sie dann nicht in seinem Haus getötet und ihre Leiche auf andere Weise entsorgt? Genau das würde ich tun. Ihr eine Überdosis verpassen, ihre Leiche in den Kofferraum packen und sie im Wald vergraben."

„Sollte ich mir Sorgen machen?", fragte Ben.

„Worüber? Dass ich dich umbringe? Dafür ist es ein bisschen zu spät."

„Darüber, dass du nicht einmal innehalten und überlegen musstest, wie du den perfekten Mord begehst."

„Pah. Das ist nicht perfekt. Ich bin mir sicher, dass mir etwas Besseres einfallen würde, wenn ich mir die Zeit nähme, mich hinzusetzen und es richtig zu planen. Das sagt mir auch, dass derjenige, der Molly getötet hat, in Eile war. Sein Plan war zusammengewürfelt, und vieles davon beruhte auf reinem Glück. Molly ist vielleicht nicht bei dem Unfall gestorben. Was, wenn sie überlebt und jemandem erzählt hätte, mit wem sie zusammen war und was diese Person getan hat?"

Ich hatte den ganzen Nachmittag mit einer alkoholfreien Kneipentour verbracht und war nicht fündig geworden. Niemand, mit dem ich gesprochen hatte, konnte sich an Molly erinnern. Außerdem hatte ich Deans Foto herumgezeigt. Kein Glück. So viel zu meiner genialen Idee. Schweren Herzens und mit voller Blase fuhr ich zum Revier, um Galloway einen Besuch abzustatten, bevor ich nach Hause fuhr.

„Hattest du Glück mit den Plänen?", fragte er, als ich in seiner Tür erschien.

„Ben geht sie gerade durch. Ich habe bisher nichts von ihm gehört, also nehme ich an, dass es noch keine Neuigkeiten gibt." Ich verlagerte mein Gewicht von einem Bein auf das andere.

„Ist alles okay?", fragte Galloway, während er mich beobachtete.

„Ich muss mal", gestand ich. Ich hatte in jedem Pub eine Limonade getrunken, weil ich überzeugt gewesen war, dass die Leute eher bereit wären, mit mir zu reden, wenn ich in jedem Lokal ein Getränk bestellte. Diese Strategie hatte nicht funktioniert, und jetzt vibrierte ich praktisch vom Zuckerrausch und meine Blase wollte ein ernstes Wort mit mir reden. „Ich bin gleich wieder da." Ich eilte zur Toilette.

„Besser?", fragte Galloway, als ich zurückkam.

„Viel besser. Also." Ich ließ mich auf dem Stuhl gegenüber seinem Schreibtisch nieder. „Ich habe alle mir bekannten Lokale aufgesucht, um herauszufinden, ob jemand Molly in der Nacht ihres Todes gesehen hat. Kein Glück."

„Das Problem ist, dass es ein Donnerstagabend war", sagte Galloway. „Donnerstag-, Freitag- und Samstagabend ist in den meisten Pubs und Bars viel los."

„Und?"

„Wenn ich mich mit jemandem aus niederen Beweggründen treffen wollte, würde ich die belebteste Bar zur belebtesten Zeit wählen. Keiner würde mich bemerken. Der Barkeeper wird sich nicht an mich erinnern, solange ich mich unauffällig verhalte und nichts tue, was Aufmerksamkeit erregt."

„Aber würde es keine Aufmerksamkeit erregen, eine halb bewusstlose Person aus einer Bar zu zerren?"

„Du sagst es." Er nickte. „Wir glauben, dass die Person, mit der Molly zusammen war, vorgeschlagen hat, die Bar zu verlassen, bevor das

Beruhigungsmittel, das ihr in den Drink gemischt wurde, Wirkung zeigte. Sie wusste, wie lange es dauern würde, bis die Wirkung eintrat und bis wann sie Molly zu ihrem Auto bringen musste, bevor sie kollabierte."

„Und um keine Aufmerksamkeit auf sich zu ziehen." Klug vom Mörder und klug von Galloway, es herauszufinden. „Sag mir, dass du die Überwachungsvideos der meistbesuchten Pubs der Stadt hast?"

Er grinste. „Ich habe Überwachungsaufnahmen von den drei beliebtesten Bars. Es wird allerdings etwas dauern, sie alle durchzugehen. Wir sind bereits dran, aber die Situation im Pflegeheim von Firefly Bay kostet uns Ressourcen."

Ich lehnte mich in meinem Stuhl zurück und schlug die Beine übereinander. „Darauf habe ich genau die richtige Antwort."

„Oh?"

„Schick sie mir per E-Mail. Ben kann das Filmmaterial für uns durchforsten."

Galloway tippte mit einem Stift gegen seine Lippen. „Weißt du, das ist gar keine schlechte Idee. Ich mache hier für heute Schluss und verbringe den Rest des Nachmittags bei dir. Heute Abend sind wir bei deinen Eltern, richtig?"

„Richtig."

Ich musste mir noch überlegen, wie ich die Schürfwunde an meinem Kinn vor meiner Familie verbergen könnte. Etwas Make-up würde den Bluterguss auf meiner Stirn verdecken, vorausgesetzt, ich würde nicht den ganzen Abend daran reiben, aber die Schürfwunde war eine andere Sache. Nicht dass ich mir Sorgen gemacht hätte, was meine Eltern sagen würden – sie waren an meine Schrammen und Stürze gewöhnt. Nein, ich machte mir Sorgen um meine Schwägerin, Amanda. Ich wusste, dass ihr mein Wohl am Herzen lag, aber ihre Bemühungen, mich ‚in Ordnung zu bringen‘, nervten und im Moment herrschte eine Art Waffenstillstand zwischen uns. Sobald sie die Schramme sehen würde, wäre es damit vorbei und sie würde sich wieder in mein Leben einmischen.

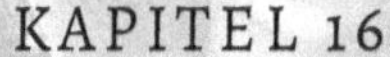

# KAPITEL 16

„Gut, dass ihr zurück seid", begrüßte Ben Guns, als Galloway und ich nach Hause kamen.

„Neuigkeiten zu den Dienstplänen?", fragte ich, stellte meine Tasche auf dem Flurtisch ab und marschierte ins Büro, während Galloway in die Küche ging. „Es war Dean Ackerman, nicht wahr?"

„Schlechte Nachrichten, fürchte ich", sagte Ben und ich hielt inne, als ich mich über den Schreibtisch beugte, um auf den Monitor zu schielen und ihm einen Blick über die Schulter zuzuwerfen.

„Schlechte Nachrichten?", wiederholte ich.

Ben zuckte mit den Schultern. „Dean Ackerman hatte in den Nächten, in denen unsere Freunde hier starben, keinen Dienst."

Ich ließ mich erschöpft in den Stuhl sinken. Ich war mir so sicher gewesen, dass er unser Mann war.

„Wer dann?", wollte ich wissen.

„Daran arbeite ich noch. Ich muss die Dienstpläne der letzten drei Jahre durchgehen. Das dauert ein wenig."

„Wie lange?"

Er zuckte wieder mit den Schultern. „Es war einfacher, als ich nur Dean kontrollieren musste. Schließlich dachten wir beide, er sei unser Mann. Aber jetzt, wo ich keinen Verdächtigen mehr habe, muss ich das gesamte Personal abgleichen und dann herausfiltern, wer Zugang zu dem Morphium hat."

„Erzähl Ben von den Überwachungsbildern!", unterbrach Galloway uns aus der Küche.

„Ihr habt noch mehr Filmmaterial?", fragte Ben mit gespitzten Ohren.

„Ja. Wir müssen unsere Geister für den Moment beiseitelassen und uns auf Molly konzentrieren. Galloway hat Videodateien mit Aufnahmen aus drei verschiedenen Pubs aus der Nacht gemailt, in der Molly gestorben ist. Wir glauben, dass sie mit ihrem Mörder in einem dieser Lokale war. Könntest du deine Geisterkraft einsetzen und sehen, was du finden kannst?"

„Klar doch." Ben bewegte die Finger und wartete,

während ich die E-Mail öffnete, dann steckte er die Hand in den Computer. Der Bildschirm flackerte und schimmerte, als Bens spektrale Energie durch die digitalen Kanäle zischte. Er schloss die Augen und konzentrierte sich auf das Lesen der Daten.

Ich ließ ihn gewähren und ging zu Galloway in die Küche. „Ich sollte dir wahrscheinlich von einer … Entwicklung erzählen, zu der es heute Morgen kam", sagte ich.

„Oh?"

„Ja. Seb hat mich dabei erwischt, wie ich mit den Geistern gesprochen habe, und hat es erraten. Er hat vermutet, dass ich Tote sehen … und mit ihnen kommunizieren kann."

Galloway hielt mitten im Umrühren seines Kaffees inne und sah mich nachdenklich an. „Und ich nehme an, dass du diese Vermutung bestätigt hast? Deshalb hast du diesen schuldbewussten Gesichtsausdruck?"

Ich kaute auf meiner Lippe und versuchte, nicht verlegen auszusehen. Vermutlich war mir das nicht gelungen, denn Galloway grinste. „Es ist okay, Audrey, du kannst es erzählen, wem immer du willst. Das ist deine Sache, nicht meine."

„Ja, aber … ich will nicht, dass die Leute es wissen." Je mehr Leute davon wussten, desto größer war das Risiko, dass es sich herumsprechen und die ganze Stadt mich für verrückt halten würde.

„Ich glaube, Seb wird sich als guter Freund erweisen." Galloway reichte mir seinen Kaffee. „Nimm das. Du siehst aus, als hättest du ihn nötiger als ich. Ich mache mir einen neuen."

„Ich liebe dich." Ich nahm den Kaffee und schlang beide Hände um den Becher.

„Meinst du mich oder den Kaffee?"

„Euch beide."

„Leute!", rief Ben aus dem Büro.

„Wir kommen!", antwortete ich und eilte, so schnell ich konnte, ohne meinen Kaffee zu verschütten, und fügte für Galloway hinzu: „Ben hat etwas."

„Was hast du?", fragte ich, nahm Platz und rieb meine Wange an Galloways Arm, als er hinter mir stand und mir eine Hand auf die Schulter legte.

„Ich habe sie gefunden. Sie war im The Bay. Allerdings ist es keine sehr gute Aufnahme. Sie ist da hinten." Das Video auf dem Monitor war angehalten worden und Ben zeigte auf eine verpixelte und unscharfe Gestalt.

„Da ist sie", erklärte ich Galloway, beugte mich vor und tippte auf den Bildschirm.

„Drück auf die Wiedergabetaste", meinte

Galloway und ich startete pflichtbewusst das Video. Wir sahen zu, wie die letzten Aufnahmen von Molly auf dem Bildschirm gezeigt wurden. Da sie sich im Hintergrund befand, war sie ziemlich unscharf, aber ich erkannte das helle geblümte Oberteil, das Galloway beschrieben hatte, und ihr braunes lockiges Haar.

„Mit wem ist sie da?" Ich kniff die Augen zusammen. Ich konnte die andere Person sehen, aber auch ihre Ansicht war nicht klar.

„Nun, das ist definitiv nicht Ackerman", meinte Galloway. „Die Person ist viel zu klein. Ich glaube, sie war mit einer Frau dort."

„Angela?" Ich hatte Mollys beste Freundin als Verdächtige ausgeschlossen, aber vielleicht hatte ich mich geirrt. „Aber hatte sie nicht ein Alibi?"

„Das ist nicht Angela", sagte Galloway mit Nachdruck. „Angela ist größer und schlanker als diese Frau."

„Katherine?", schlug ich vor.

„Nein."

„Wer *ist* das?" Ich lehnte mich näher heran und sah zu, wie Molly aufstand und zusammen mit ihrer geheimnisvollen Begleiterin das Lokal verließ. Irgendetwas nagte an meinem Hinterkopf. Die Art, wie sich die andere Frau bewegte. Ich kannte diesen Gang. Aber ich konnte nicht genau sagen, wer es war, und da wir kein klares Bild von ihrem Gesicht hatten, wussten wir immer noch nicht, mit wem Molly an diesem Abend zusammen gewesen war.

„Du weißt es, nicht wahr?", meinte Ben und beobachtete mich. Ich kniff die Augen zusammen und versuchte, mich zu erinnern.

„Ich kann sie nicht einordnen", sagte ich. „Ich kenne diesen Gang. Sie erinnert mich an jemanden, aber ich weiß einfach nicht, an wen."

„Erzwing es nicht", mahnte Galloway und drückte meine Schulter. „Rutsch rüber. Ich leite das an unsere Techniker weiter. Mal sehen, ob sie die Aufnahme nicht etwas schärfer machen können."

Ich überließ Galloway meinen Schreibtisch, während ich mich auf dem Sofa niederließ. Thor zwängte sich durch die Katzentür, die Hinterbeine hingen in der Luft, während er sich mit dem Bauch hindurchschlängelte.

„Ist es Zeit zum Abendessen?", fragte er und betrachtete seine erschreckend leere Schüssel. Der Tierarzt hatte mich davor gewarnt, meinem pummeligen Kater ständig Trockenfutter zur Verfügung zu stellen. Er bekam nun jeden Morgen und Nachmittag eine angemessene Dosis, und trotz seiner gegenteiligen Beteuerungen war er nicht wirklich hungrig.

„Nein.“

Ausnahmsweise hatte Thor keine bissige Antwort parat. Stattdessen schlenderte er durch den Raum und sprang auf das Sofa neben mir. Bandit sprang Sekunden später durch die Katzentür und landete mit klappernden Krallen auf dem Fußboden. „Hey, Mom!“, gluckste sie. Ich fand es toll, dass sie so ein fröhlicher kleiner Racker war.

„Wie geht es euren Bäuchen heute? Nach den Fischstäbchen von gestern?“, wollte ich wissen.

Thor, der sich an meinen Oberschenkel gepresst hatte und schnurrte, sah mich nicht einmal an. „Keine Probleme.“

„Thor hat gesagt, sein Popoloch brennt“, mischte sich Bandit ein und machte es sich neben Thor bequem.

Ich schnaubte. „Hat er das?“

„Er hat gesagt, er habe noch nie in seinem Leben so viele Häufchen gemacht“, fuhr sie fort.

„Ach, wirklich?“ Ich musste noch mehr lachen. Ich konnte mir nur vorstellen, dass der übermäßige Genuss von Fischstäbchen zu einer weniger angenehmen Erfahrung geführt hatte, als sie am anderen Ende wieder herauskamen. Ich war dankbar, dass er sie mir nicht in die Schuhe gekotzt hatte.

Als ich mit der Hand über Thors Rücken strich, wurde ich mit einem lauteren Schnurren belohnt. „Ihr stehlt kein Essen mehr von Seb, okay? Und die gute Nachricht ist, dass wir wissen, was dich krank gemacht hat. Die Blumen, in denen du in dem Topf auf Sebs Veranda geschlafen hast, sind nicht gut für Katzen."

„Aber ich schlafe gerne dort", murmelte Thor schläfrig.

„Du hast Glück, dass es Seb nicht kümmert, dass du in seiner Blume schläfst. Er hat sie abgeschnitten, also sollten sie dich nicht stören, aber wieso schläfst du jetzt dort? Das hast du nie getan, als Mrs Hill dort gewohnt hat."

„Mrs Hill hatte diesen dummen Hund, Percy."

„Ich dachte, du mochtest Percy?"

„Ich habe ihn gerne geärgert", korrigierte Thor. „Aber es war unmöglich zu schlafen, wenn er einem ständig ins Gesicht kläffte."

„Ich mag Percy", meldete sich Bandit zu Wort.

„Du hast ihn doch noch nie getroffen", meinte Thor gähnend.

„Wer ist Percy?", fragte Bandit.

„Er ist ein Mops, der früher nebenan gewohnt hat", erklärte ich. „Thor hat ihn gerne geärgert."

„Audrey?" Galloway rief vom Büro aus an: „Macht Ben etwas mit dem Computer? Er gibt so komische Geräusche von sich."

„Ja, Entschuldigung, das bin ich!", rief Ben zurück. „Ich bin gleich fertig."

„Oh, ist schon okay, es hat aufgehört", informierte mich Galloway.

Ben kam zu Thor, Bandit und mir ins Wohnzimmer. „Was hast du gemacht?", fragte ich ihn.

„Ich habe mir die Dienstpläne noch einmal angesehen", meinte er. „Aber ich warte, bis Kade seine E-Mail abgeschickt hat."

„Sag Ben, dass ich gleich fertig bin!", rief Galloway aus dem Büro. Es war irgendwie unheimlich, wie er auf das reagierte, was wir sagten, obwohl er Ben nicht hören konnte. Noch während ich das dachte, erschien Galloway in der Tür. „Alles erledigt", sagte er.

„Großartig." Ben sprang auf und ging durch die Bürowand, um sich wieder an die Dienstpläne zu begeben.

„Hey, Thor, Kumpel." Galloway kraulte erst Thors Ohren, dann Bandits mit einem gehauchten

„Wie geht's dir, meine Schöne?", während er sich am anderen Ende des Sofas niederließ, den Kaffeebecher auf dem Arm balancierend.

„Ben arbeitet an den Dienstplänen", erklärte ich ihm. Hinter dem Sofa standen eingepfercht die zwölf Gespenster.

„Fitz!", brüllte Ben. Das war nicht sein üblicher Schrei. In diesem schwang deutlich ein Triumphieren mit.

Ich beugte mich vor, stellte meinen Kaffeebecher auf den Tisch und stand auf, wobei ich mich bemühte, Thor nicht zu stören. „Er hat etwas gefunden", sagte ich zu Galloway. Die zwölf Geister waren zum ersten Mal vor mir im Büro.

„Hast du die Person gefunden?", fragte ich, als ich in der Tür stand und mich nicht an den Geistern vorbeiquetschen wollte, die nun dicht an dicht in meinem Büro schwebten.

„Es ist Sharon Mooney", sagte Ben.

Ich blinzelte überrascht. „Sharon?" Die ältere Dame mit den grauen Haaren?"

„Sechzig ist nicht so alt, Fitz", sagte Ben. „Aber ja. Genau sie."

„Wie hast du das so schnell herausgefunden? Du sagtest doch, es würde eine Weile dauern, weil du das gesamte Personal abgleichen müsstest."

„Das Filmmaterial aus The Bay zeigte, dass Molly mit einer Frau zusammen war, also habe ich meine Parameter auf Mitarbeiterinnen mit Zugang zum Medikamentenschrank eingegrenzt. Das hat die Liste erheblich verkürzt. Dann musste ich diese Namen nur noch mit den Personen abgleichen, die jeweils in den Nächten mit einem Todesfall Dienst hatten. Sharon Mooney ist die Einzige. Also muss sie es sein.“

Ich wiederholte für Galloway, was Ben gesagt hatte. „Zeig mir noch einmal die Aufnahmen der Überwachungskamera“, bat ich ihn.

Galloway, der meinen Platz am Schreibtisch eingenommen hatte, spulte bis zu dem Zeitpunkt vor, an dem Molly und ihre Mörderin das Lokal verließen, und drückte dann auf die Wiedergabetaste.

„Deshalb kam sie mir auch so bekannt vor. Die Art, wie sie geht. Das“, ich zeigte auf den Monitor, „ist Sharon Mooney.“ Obwohl ich ihr Gesicht nicht sehen konnte, erkannte ich die Art und Weise, wie sie ein Bein vorzog und die Hüften drehte – ich erkannte es von der Zeit, als ich Sharon im Seniorenheim von Firefly Bay von mir weggehen gesehen hatte. Ich hätte sie in einer Million Jahre nicht verdächtigt, an Mollys Tod schuld zu sein.

„Wie in aller Welt hat sie Molly aus dem Auto gezogen?", fragte ich mich laut. Dann keuchte ich und schlug eine Hand vor den Mund.

„Was ist denn los?" Galloway drehte sich auf seinem Stuhl um.

„Sharon hat eine kaputte Schulter! Sie sagte, es sei eine Schleimbeutelentzündung vom Umstellen ihrer Möbel."

„Wahrscheinlich eher vom Herumschleppen einer Leiche", meinte Ben.

Galloway sah auf seine Uhr. „Wir haben noch Zeit."

„Zeit?"

„Vor dem Abendessen mit deinen Eltern", erklärte er mir. „Wir haben noch Zeit, eine Mörderin zu verhaften."

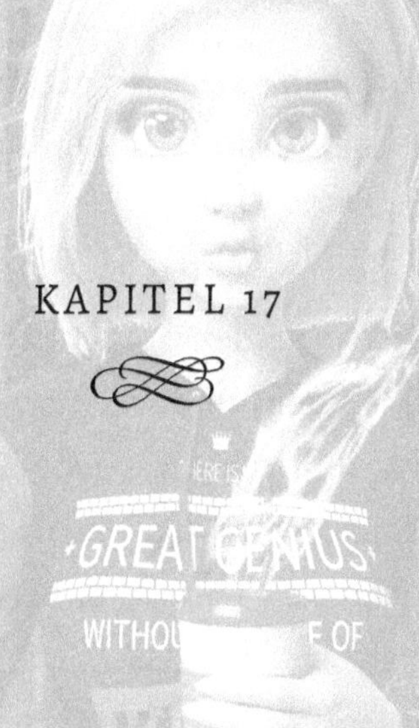

## KAPITEL 17

„Sharon Mooney, ich verhafte Sie wegen Mordes an Molly Lewis." Galloway nickte Sergeant Addison Young und Officer Tom Collier zu, die uns bereits im Seniorenheim erwartet hatten.

„Was?", stotterte sie. „Das ist doch lächerlich. Ich war das nicht."

„Wir haben Überwachungsaufnahmen von Molly und Ihnen in der Nacht, in der sie starb."

Sharon schaute von mir zu Galloway und wieder zurück. Ich hatte erwartet, dass Sharon an ihrer Unschuldsbeteuerung festhalten würde. Daher war ich entsprechend überrascht, als sie die Hände in die Luft warf und erklärte: „Na gut! Ich habe es getan. Verhaften Sie mich."

„Warum haben Sie sie getötet?", platzte ich heraus. Ich konnte die Frage einfach nicht länger zurückhalten.

Ihre Schultern sackten in sich zusammen und ihre Arme fielen zu den Seiten herunter. „Molly ist zu mir gekommen und meinte, sie habe etwas Schreckliches entdeckt. Es gäbe Unstimmigkeiten mit der Menge an OxyContin und Temazepam in unserem Vorrat. Ich wusste, dass es nur eine Frage der Zeit war, bis sie das Morphium entdecken würde."

„Und das waren Sie gewesen?", hakte Galloway nach. „Sie haben das Morphium gestohlen? Haben Sie es benutzt, um den Bewohnern, die Sie betreuen, eine Überdosis zu verabreichen?"

„Ich erbringe eine Dienstleistung!" Sharon richtete sich auf, schob die Brust vor und hob das Kinn. „Diese Menschen brauchen mich. Sie brauchen meine Hilfe. Ich bewahre sie vor einem langwierigen, schmerzhaften Tod. Sie brauchen mich", wiederholte sie, so selbstsicher, so überzeugt davon, dass sie das Richtige getan hatte.

„Und Sie haben beschlossen, dass Sie auch Molly töten müssen?", hakte Galloway nach.

„Sie war dabei, alles zu ruinieren", schmollte Sharon. „Ich habe ihr gesagt, dass es zu riskant sei, das bei der Arbeit zu besprechen, dass wir uns im The Bay treffen sollten, dass sie aber niemandem verraten sollte, dass sie sich mit mir trifft, sondern stattdessen sagen, sie ginge mit ihrem Freund aus. Ich habe ihr das Temazepam ins Getränk getan und sie dann zu ihrem Auto gelockt. Das war nicht schwer. In dem Pub war es sehr laut. Wir mussten fast schreien und so meinte ich nur, dass wir nicht wollten, dass uns jemand belauscht. Als wir auf dem Parkplatz ankamen, wirkte das Temazepam bereits – ich hatte ihr eine angemessene Dosis verabreicht – und es kostete mich kaum Mühe, Molly auf den Beifahrersitz zu setzen. Sie war halb bewusstlos und wusste nicht, was mit ihr geschah. Ich sagte ihr, dass es ihr nicht gut ginge und dass ich sie nach Hause fahren würde.“

„Aber Sie haben sie nicht nach Hause gefahren.“ Galloway verschränkte die Arme. „Sie haben sie gegen einen Baum gefahren.“

Sharon nickte. „Ja.“

„Das war ein ziemlich großes Risiko. Molly hätte den Aufprall vielleicht überlebt. Oder Sie hätten schwer verletzt werden können.“

Sharon legte reflexartig eine Hand auf die Schulter. Galloways Augen folgten der Bewegung. „Eine Verletzung an der Schulter, was? Ich wette, Sie haben auch noch ein paar gebrochene Rippen. Das kann passieren, wenn ein Airbag ausgelöst wird."

„Nur geprellt, nichts gebrochen", gab Sharon zu.

„Warum haben Sie Molly überhaupt angeschnallt? Warum haben Sie sie nicht durch die Windschutzscheibe krachen lassen?"

„Weil sie auf dem Beifahrersitz saß. Es sollte doch so aussehen, als ob sie gefahren wäre. Und ich habe es geschafft", sagte Sharon selbstgefällig. „Zugegeben, es war etwas schwierig, sie auf die Fahrerseite zu ziehen, aber ich habe es so aussehen lassen, als hätte sie versucht, nach dem Unfall aus dem Auto zu steigen. Und Sie haben es geglaubt!", krächzte sie.

„Ein winziges Detail haben Sie allerdings übersehen", meinte Galloway tonlos. „Die Prellungen durch den Sicherheitsgurt. Damit war bewiesen, dass Molly auf dem Beifahrersitz und nicht hinter dem Steuer gesessen hatte."

Sharon blieb der Mund offen stehen, als sie ihren Fehler bemerkte.

„Was ist dann passiert? Sind Sie zum Pub zurückgelaufen, um Ihr Auto zu holen? Das war ein ganz schön langer Spaziergang", fuhr Galloway mit seiner Befragung fort.

„Ich habe gewartet, bis sie gestorben war. Das hat

nicht lange gedauert. Ich konnte nicht riskieren, dass jemand vorbeikam und sie rettete. Aber ja, dann bin ich zurück zum Pub gelaufen. Ich habe fast drei Stunden gebraucht."

Galloway nickte Sergeant Young zu, der vortrat, Sharon die Hände auf den Rücken zog und ihr Handschellen anlegte. „Sharon Mooney, Sie sind verhaftet wegen des Mordes an Molly Lewis und des mutmaßlichen Mordes an mehreren Bewohnern des Seniorenheims von Firefly Bay."

„Sie können mich nicht verhaften!", schrie Sharon. „Ich werde hier gebraucht. Sie brauchen mich. Meine Arbeit ist noch nicht getan."

„Oh doch, das ist sie." Sergeant Young schob sie zur Eingangstür und las ihr auf dem Weg dorthin ihre Rechte vor.

„Wow!" Ich atmete auf und sah zu, wie Young und Collier Sharon auf dem Rücksitz des Polizeiautos festhielten. „Sie leidet an Wahnvorstellungen."

„Das macht sie so gefährlich", sagte Galloway und legte einen Arm um meine Schultern. „Sie glaubt wirklich, dass sie ihnen geholfen hat, als sie ihnen eine Überdosis Morphium verabreicht hat. Und wer macht sich an einem Ort wie diesem schon die Mühe einer Autopsie?"

„Das ist einfach furchtbar. Und so traurig.“

„Mach dir keine Vorwürfe.“ Galloway seufzte, dann sah er auf die Uhr. „Wir sollten uns besser beeilen, wir wollen schließlich nicht zu spät kommen.“

„Zu spät zu was?“

„Zum Geburtstag deines Dads?“

„Du fährst nicht zur Wache?“, fragte ich und er schüttelte den Kopf.

„Sharon läuft uns nicht weg. Sie kann sich heute Nacht in einer Zelle etwas abreagieren.“

„Wenn es nicht Dads Geburtstag wäre, würde ich absagen“, gab ich zu und folgte Galloway auf den Parkplatz, wo er auf mein Auto zuging. Ich hatte mich freiwillig als Fahrerin gemeldet, weil ich gedacht hatte, er würde mit Sharon zur Wache fahren, und dann hätte ich im eigenen Wagen nach Hause fahren können. Offenbar war das jedoch nicht nötig.

„Was? Warum?“, fragte Galloway und wartete darauf, dass ich das Auto aufschloss, bevor er auf der Beifahrerseite einstieg.

Ich tat es ihm gleich und rutschte hinter das Lenkrad. Ich unterdrückte ein Gähnen. „Weil ich müde bin. Das war wirklich ein anstrengender Tag.“

„Oh.“ Er sah niedergeschlagen aus. „Ich habe

mich so auf das Abendessen mit deinen Eltern gefreut."

„Ich mich auch. Keine Panik. Wir gehen trotzdem hin, aber wir sollten vielleicht nicht so lange bleiben. Ich brauche meinen Schönheitsschlaf."

„Du bist schön, so wie du bist." Er legte eine Hand auf meinen Oberschenkel und ich legte meine Hand darauf. Dann geschahen zwei Dinge gleichzeitig, die mich fast von der Straße gedrängt hätten. Zuerst schaltete sich das Radio von ganz allein ein und *Black Magic* von Little Mix erklang, dann erschien Molly auf dem Rücksitz.

„Heiliger Strohsack!", krächzte ich und übersteuerte mit quietschenden Reifen. Eventuell hatte ich mir auch ein bisschen in die Hose gemacht.

Galloway klammerte sich mit beiden Händen an das Armaturenbrett. „Was sollte das denn?", keuchte er.

„Entschuldigung. Ich glaube, Molly ist gerade zu uns gestoßen. Du bist es, nicht wahr?" Ich richtete meine Worte an die Frau, die mit einem hellen geblümten Oberteil und braunen lockigen Haaren auf dem Rücksitz erschienen war. Ich beugte mich vor und schaltete das Radio aus.

„Endlich!", sagte Molly. „Ich bin dir schon seit

Ewigkeiten gefolgt, aber du konntest mich weder sehen noch hören."

Jetzt wusste ich, was dieses Lied bedeutet hatte. Jedes Mal, wenn ich es gehört hatte, war Molly in der Nähe gewesen.

„Seltsam. Jetzt ist normalerweise der Zeitpunkt gekommen, an dem das Opfer hinübergeht. Falls du es noch nicht weißt, wir haben den Mord an dir aufgeklärt", sagte ich.

„Wer hätte das von Sharon gedacht?" Molly legte einen Arm um die Lehne meines Sitzes und klemmte ihren Körper zwischen die Vordersitze. Sofern sich ein Geist, der in einem Fahrzeug schwebt, sich irgendwo einklemmen kann.

„Hast du sie verdächtigt? Dass sie die Bewohner vorzeitig ins Jenseits befördert?", wollte ich wissen.

„Tatsächlich hatte ich Dean im Verdacht. Er ist einfach ein Mistkerl. Ich habe versucht, Angela vor ihm zu warnen. Ich wusste, dass er nichts Gutes im Schilde führt, und als ich dann das fehlende Morphium entdeckte, war es nicht schwer, eins und eins zusammenzuzählen."

„Aber abgesehen von den fehlenden Medikamenten verstehe ich nicht, woher du wusstest, dass die Bewohner keines natürlichen

Todes gestorben sind. Woher wusstest du, dass eine Überdosis Morphium die Ursache war?“

„Weil diese Bewohner nicht krank waren. Sie waren zwar alt, aber sie standen nicht kurz vorm Sterben. Zumindest meiner Meinung nach nicht. Also begann ich zu recherchieren. Aber still und heimlich, denn das ist ein heikles Thema, und ich wollte kein Aufsehen erregen, falls ich mich irren sollte.“

„Aber du hattest keinen Zugang zum Medikamentenschrank. Wie hast du das geschafft, ohne dass jemand bemerkte, was du vorhattest?“

„Ich habe mich freiwillig zu einer Stichprobenprüfung gemeldet.“ Sie zuckte mit den Schultern. „Niemand macht das gerne, also habe ich aufgezeigt.“

„Und dabei hat man dich allein gelassen? Mit dem unverschlossenen Medikamentenschrank?“

„Beängstigend, nicht wahr?“ Molly nickte. „Jemand vom examinierten Pflegepersonal schloss ihn für mich auf und überließ mich dann mir selbst.“

„Offensichtlich war das weder Sharon oder Dean gewesen.“ Ich bog in meine Einfahrt ein und drückte den Knopf, um das Garagentor zu öffnen. „Aber wieso hast du Nick erzählt, du würdest eure vorgetäuschte Beziehung als Tarnung dafür benutzen, dass du mit jemandem zusammen bist?"

„Das habe ich nur für Nick gemacht. Er ist so ein Schatz und machte sich wirklich Sorgen, dass ich so tat, als wäre ich seine Freundin, ohne dass ich etwas davon hatte, also erzählte ich ihm eine kleine Notlüge, dass er mir auch einen Gefallen tun würde."

Galloway tippte auf die Uhr am Armaturenbrett. „Du hast fünf Minuten, um dich frisch zu machen. Dann müssen wir los."

„Warum hast du es so eilig, zu Dad zu kommen?", grummelte ich, stieg aus und schlug die Tür hinter mir zu.

„Das habe ich nicht", protestierte er. „Ich nehme an, du sprichst mit Molly?"

„Ja." Ich erzählte ihm, was sie mir erzählt hatte, während ich ins Haus vorging und Molly uns folgte.

„Molly!" Die zwölf Geister, die mich erst seit Kurzem nicht mehr verfolgten, sondern stattdessen in meinem Wohnzimmer gewartet hatten, strahlten beim Anblick der Krankenschwester.

„Hey, Leute." Molly strahlte, ging zu ihnen hinüber, berührte den Arm jedes Geistes mit einer sanften Hand, sah ihm direkt in die Augen und lächelte. „Hallo Norma. Hallo Beverley. Hallo

William. Hallo John. Hallo Elsie. Hallo Margaret. Hallo Ted. Hallo Edna. Hallo Erik. Hallo Ronald. Hallo Cecilia. Hallo Elizabeth." Sie machte die Runde und schenkte ihnen ihre ungeteilte Aufmerksamkeit.

„Ich habe dich vermisst", sagte derjenige, der Erik hieß, und umarmte sie.

Ich hätte fast geweint. Die ganze Zeit über hatten sie festgehangen und nur das Wort „Engel" sagen können und jetzt waren sie hier, sprachen und umarmten die Krankenschwester, die sich um sie gekümmert hatte.

„Es tut mir leid, dass ich euch nicht retten konnte." Molly strich über Eriks Rücken.

„Dein Handeln hat unzählige andere gerettet", erklärte Cecilia. „Es tut mir nur leid, dass du hier bei uns gelandet bist."

Alle stimmten zu und dann fragte Cecilia: „Was passiert jetzt?"

„Jetzt ist es an der Zeit, hinüberzugehen." Molly strahlte und hinter ihr leuchtete ein weißes Licht. „Kommt schon, ihr braucht keine Angst zu haben. Ich komme mit euch. Wir werden alle zusammen sein. Einfach im Gänsemarsch durchgehen, meine Damen und Herren." Sie trieb sie durch das Licht, einen nach dem anderen, drehte sich um und sagte mit einem letzten Winken: „Sag Mom, dass ich sie liebe." Dann trat sie ins Licht und mein Wohnzimmer war frei von Gespenstern. Abgesehen von Ben.

„Sind sie weg?", fragte Galloway und trat von hinten zu mir, um mich zu umarmen.

Ich nickte, ein wenig verlegen. Ich war glücklich und traurig zugleich, aber wir hatten Molly und den anderen Gerechtigkeit verschafft, und das war das Wichtigste.

„Okay." Ich räusperte mich. „Fünf Minuten sagtest du?"

„Jetzt sind es noch drei. Mach dich auf die Socken", meinte er grinsend und gab mir einen Klaps auf den Hintern.

„Was ist denn mit deinem Gesicht passiert?" Mein Bruder Dustin starrte auf meine Verletzungen.

„Und was ist mit *deinem* Gesicht passiert?", schoss ich zurück und ignorierte seine Frage. Es war nicht genug Zeit für ein komplettes Make-up gewesen, aber wem wollte ich etwas vormachen? Kein Make-up der Welt könnte die Schürfwunde an meinem Kinn verbergen. Also hatte ich mich für einen

Spritzer Wasser und einen Klecks getönte Feuchtigkeitscreme entschieden. Ein schneller Tupfer Mascara und etwas Lipgloss waren das ganze Ausmaß meiner Glamourisierung gewesen. Saubere Jeans und T-Shirt, kotzfreie Schuhe, und schon war ich fertig gewesen.

Ich hatte Dads Whisky in einen Karton verpackt, den Karton in einen Karton gepackt, diesen Karton wieder in einen Karton gepackt und so weiter, bis die letzte Kiste schließlich die Größe einer Mikrowelle hatte. Galloway trug sie galant hinein.

„Hallo, mein Schatz." Mom umarmte mich, zog mich dann zur Seite, strich mir sanft über das Gesicht und seufzte.

„Ist schon in Ordnung, Mom", versicherte ich ihr. „Nichts Ungewöhnliches."

„Ich weiß, Schatz, ich weiß." Sie kniff mir sanft in die Wange, bevor sie mich wieder losließ.

„Happy Birthday, Dad!" Ich strahlte ihn an, schlang die Arme um seine Taille und drückte zu.

„Danke, Mäuschen." Er erwiderte die Umarmung. „Was hast du denn da für mich? Eine Anti-Falten-Creme?"

„Ich habe gehört, dass du knapp bei Kasse bist." Ich nickte feierlich.

Er rieb sich erwartungsvoll die Hände. „Ausgezeichnet."

Galloway übergab das überdimensionale Paket und alle versammelten sich um ihn herum, während er es pflichtbewusst auspackte. Nicht, dass es eine Überraschung gewesen wäre. Wir machten diese ganze Scharade jedes Jahr mit: Ich kaufte Single Malt Whisky und verpackte ihn in ein Dutzend Schachteln, und Dad tat so, als wüsste er nicht, was darin war.

Sobald die Geschenkübergabe beendet war, stürzte sich Galloway auf Laura und riss ihr die kleine Grace aus den Armen, gurrte und schnitt Grimassen für sie. Grace wedelte mit den Armen und kicherte.

„Audrey, wie geht es dir? Ich meine, wie geht es dir wirklich?" Amanda stellte sich in ihren Designerjeans und ihrer Seidenbluse neben mich, kein einziges Haar war fehl am Platz. Obwohl sie zwei Kinder hatte, die jeden fertigmachen würden, war Amanda immer makellos, ihre Kleidung immer ohne Flecken oder Risse, Haare und Make-up saßen stets perfekt. Im Vergleich dazu fühlte ich mich immer wie eine Schabracke.

Ich lächelte meine Schwägerin an. „Mir geht es gut, Amanda. Und bei dir? Wie läuft die Arbeit?"

Sie ignorierte meine Frage. „Wie hast du das geschafft?“ Sie zeigte auf mein Kinn.

„Bin auf der Treppe gestolpert.“

„Weißt du …“, setzte sie an, doch Dustin, ihr Mann, meinte warnend: „Amanda.“

„Aber sie …“, flüsterte Amanda ihm zu.

„Amanda“, warnte er erneut und zog eine Augenbraue hoch. „Wir haben darüber gesprochen, erinnerst du dich?“

„Ihr wisst schon, dass ich hier stehe und euch hören kann, oder?“, fragte ich laut.

Amanda besaß wenigstens den Anstand, zu erröten. „Du hast recht. Entschuldigung, das war unhöflich.“

„Zum Glück bin ich kein nachtragender Mensch.“ Ich klopfte ihr auf den Rücken. „Warum hilfst du Mom nicht beim Servieren?“, schlug ich vor. „Ich würde das ja tun, aber du kennst mich, ich würde wahrscheinlich alles fallen lassen.“

Amanda lächelte und tat, was ich vorgeschlagen hatte, und ging in die Küche, um Mom zu helfen. Nicht, dass Mom Hilfe gebraucht hätte. Alles, was sie tun musste, war, die Lieferung des Delgornos auszupacken. Ich brauchte einfach eine Atempause.

„Sie meint es nur gut“, sagte Dustin entschuldigend.

„Das weiß ich doch." Ich lächelte ihn an.

Brad, Lauras Ehemann, kam mit einem Glas Wein auf mich zu und drückte es mir in die Hand. „Du siehst aus, als könntest du das hier gebrauchen."

„Du bist wie immer mein Lebensretter."

„Okay, Leute!" Mom klatschte in die Hände, um unsere Aufmerksamkeit zu erregen. „Setzt euch. Das Abendessen ist fertig."

Das Abendessen war eine normale chaotische Familienangelegenheit. Madeline, die bald vier Jahre alt wurde, war zu groß für einen Hochstuhl und hatte nun ihren eigenen Platz am Tisch, sehr zu ihrer Freude. Ihr kleiner Bruder Nathaniel saß zum Glück in seinem Hochstuhl und hatte bereits die verschiedensten Lebensmittel auf das Tablett und sein Hemd gekleckert. Seine gleichaltrige Cousine Isabelle saß in einem Hochstuhl neben ihm und die kleine Grace schlief in ihrem Kinderwagen. Inmitten des Lärms, des Essens und des Weins fühlte ich mich pudelwohl. Das war Familie. Das war Zuhause.

Nach dem Abendessen kam der Kuchen. Er brannte lichterloh und ich war verwundert, dass der Rauchmelder nicht ausgelöst wurde. Natürlich war er mehr für die Kinder als für Dad gedacht, aber wir bekamen alle etwas davon. Plötzlich schob

Galloway, der zu meiner Linken saß, seinen Stuhl zurück und kniete sich auf den Boden.

„Was ist los?", wollte ich wissen. „Ist dir etwas runtergefallen?"

„Audrey", sagte er feierlich.

Ich war damit beschäftigt, mir den Kuchen in den Mund zu schaufeln, und sah ihn erst an, als ich ein erschrockenes Keuchen aus der Runde hörte.

„Hm?", sagte ich schließlich und drehte mich zu ihm um. „Oh mein Gott!", quietschte ich und verschluckte mich fast am Kuchen.

Er kniete vor mir. Ich blickte um den Tisch herum, von meiner Mutter, deren Augen voller Tränen waren, zu Laura, die das breiteste Lächeln hatte, das ich je gesehen hatte, zu Amanda, die ihre Hände ans Herz hielt und einen „Oh mein Gott"-Ausdruck auf ihrem Gesicht hatte. Die Männer schauten nur ausdruckslos drein, als hätten sie noch nicht begriffen, was los war. Denn natürlich konnten sie die Ringschachtel in Galloways Hand nicht sehen, die sich direkt unter der Tischkante befand.

Galloway räusperte sich und versuchte es erneut. „Audrey."

Ich hob die Hand, um ihn aufzuhalten, und Dustin stöhnte.

„Nein, warte", sagte ich mit einem Stück Kuchen

im Mund. „Ich muss das runterschlucken, sonst ersticke ich." Also sah der ganze Tisch mir dabei zu, wie ich kaute und kaute und kaute. Es ist wirklich schwer, Kuchen zu schlucken, wenn der Mund plötzlich ganz trocken ist. Schließlich spülte ich die letzten Krümel mit einem Schluck Wein hinunter und wandte mich wieder an Galloway. „Okay, mach weiter." Meine Stimme zitterte vielleicht ein ganz kleines bisschen.

Er lächelte und nahm meine Hand. „Vom ersten Moment an, als ich dich vor einem Bus gerettet habe und du mir zum Dank zwischen die Beine getreten hast, wusste ich, dass du mein Leben tiefgreifend verändern würdest."

Ich grinste bei der Erinnerung daran. Er hatte mich gerettet, indem er mich am Ellbogen gepackt und mit einem Ruck vom Bus weggezogen hatte, nur dass ich vom Schwung herumgeschleudert wurde und ihm versehentlich in seine Kronjuwelen getreten hatte. Wie süß von ihm, dass er sich daran erinnerte.

„Und bei Gott, das hast du wirklich", fuhr Galloway fort. „Während wir Mörder gejagt und Diebe gefangen haben, hast du mein Herz gestohlen. Ich kann es kaum erwarten, noch mehr solcher Momente für den Rest unseres Lebens zu erleben. Audrey Fitzgerald, willst du mich heiraten?"

„Auch wenn ich ungeschickt bin und dir wahrscheinlich nicht das letzte Mal zwischen die Beine getreten habe?", flüsterte ich und blinzelte schnell, denn der Anblick von ihm auf einem Knie, mit einem Ring in der Hand, ließ meine Augen feucht werden.

„Auch dann", flüsterte er. „Und nur für den Fall, dass es dir schwer fällt, dich zu entscheiden, obwohl deine ganze Familie der Meinung ist, dass ich ein toller Fang bin", fuhr er fort und alle am Tisch lachten, „verspreche ich dir, dass ich jede kleine Beule, jeden blauen Fleck und jede Schramme lieben werde."

Das war's. Nicht, dass er zusätzliche Überzeugungsarbeit hätte leisten müssen. „Ja!" Ich warf mich in seine Arme, sodass wir beide in einem Wirrwarr aus Gliedmaßen und Gelächter zu Boden fielen.

Die Ringschachtel flog ihm aus der Hand und rollte unter den Tisch und er lag da, mit mir auf seiner Brust, und lachte. „Ich kann nicht glauben, dass du das getan hast."

„Was? Dass ich Ja gesagt habe?" Ich runzelte die Stirn.

„Nein, dass du mir den Ring aus der Hand geschlagen hast! Ich war mir sicher, dass du dich für den Diamanten entscheiden würdest."

„Das hätte ich auch getan!", meldete sich Laura zu Wort.

„Ich hole ihn, Uncle Kwade", erklärte Madeline, rutschte von ihrem Stuhl und kroch unter den Tisch. Sie nahm die Schachtel in ihre kleine pummelige Hand und krabbelte zu uns herüber. „Bitte sehr", sagte sie, setzte sich auf ihren Hintern und sah mit großem Augen zu, wie Galloway die Schachtel aufklappte und den Ring herausnahm. Ich richtete mich auf und streckte meine zittrige linke Hand aus. Galloway schob mir den Ring auf den Ringfinger und ich starrte ihn einfach an. Er war unglaublich schön und schlicht, genau wie ich. Ein einzelner Solitär.

Ich beugte mich herunter, umfasste sein Gesicht und küsste ihn. „Ich liebe dich."

„Ich liebe dich auch."

Der Lärmpegel war ohrenbetäubend, denn meine ganze Familie schrie und brüllte. Mom eilte in die Küche, um den Champagner zu holen, den sie zufällig auf Eis gelegt hatte; Amanda brachte die Sektgläser.

„Wussten sie es?" Ich zog eine Augenbraue hoch.

Und in dem Moment wurde mir klar, dass ich es endlich geschafft hatte: Ich hatte mir nicht nur den heißesten Junggesellen der Stadt geschnappt, sondern auch eine Augenbraue unabhängig von der anderen hochgezogen.

Ein Tag, der in der Tat ein Grund zum Feiern war.

ENDE

## Geisterjagd Wild

**Als Privatdetektivin und Geisterflüsterin stelle ich mir viele Fragen – warum kann ich tote Menschen sehen? Kann ich bei meiner eigenen Hochzeit Lila tragen? Wie bekommt man Erdnussbutter aus dem Fell eines Waschbären? Aber „Wer hat Gianna Tate getötet?" gehörte nie dazu. Bis jetzt.**

Der Tod der skrupellosen Anwältin bringt meine Pläne durcheinander, denn hier bin ich, fertig gestylt und bereit für den Vogelscheuchenball, als sie plötzlich, untot, auf dem Beifahrersitz meines SUVs auftaucht. Normalerweise Optimistin, finde ich meinen geliebten Kaffee weniger als halbvoll, während ich mich daran mache, ihren Mörder zu finden und gleichzeitig Fragen meiner Familie über meine bevorstehende Hochzeit mit Detective Kade Galloway abzuwehren. Heiße Sahneschnitte, begehrenswert, meiner. Richtig? Ich kann es selbst kaum glauben!

Aber hier sind wir, knietief in Vampiren, Zombies und Vogelscheuchen, auf der Jagd nach einem

Mörder, baden Waschbären, stolpern von einer Krise zur nächsten und fragen uns dabei, Rotwein oder Weißwein zur Hochzeit?

Begleitet Audrey Fitzgerald in den Ghost Detective-Mysterien, einer romantischen paranormalen Cozy-Krimi-Reihe mit einer sprechenden Katze, einem Geist und einem Mordfall, den es zu lösen gilt.

---

Sind Sie ein Fan der Reihe um die Geisterdetektivin? Verpassen Sie keine exklusiven Updates, Vorschauen und Einblicke hinter die Kulissen! Melden Sie sich jetzt für meinen deutschen Newsletter an und erfahren Sie als Erste, wenn "Geisterjagd Wild" veröffentlicht wird! Melden Sie sich hier an: janehinchey.com/subscribe-deutsch

NACHWORT

Vielen Dank fürs Lesen! Wenn Ihnen dieses Buch gefallen hat, würde ich mich sehr über eine Rezension freuen.

Eine vollständige Liste meiner Bücher, einschließlich aller Serien und in der Reihenfolge ihres Erscheinens, finden Sie auf meiner Website unter:

www.janehinchey.com

Eine vollständige Liste der deutschen Übersetzungen finden Sie unter: www.janehinchey.com/deutsch

Melden Sie sich hier für meinen deutschen Newsletter an: https://janehinchey.com/subscribe-deutsch/

Natürlich können Sie auch meiner Lesergruppe auf Facebook beitreten:

www.JaneHinchey.com/LittleDevils

Vielen Dank, dass Sie mein Buch gelesen haben. Lesende wie Sie machen diese Reise lohnenswert und schüren meine Leidenschaft für das Geschichtenerzählen. Ihre Unterstützung bedeutet mir sehr viel und ich kann es kaum erwarten, in Zukunft weitere spannende Geschichten mit Ihnen zu teilen.

xoxo

Jane

# ÜBER JANE

## ALLE ROMANE VON JANE FINDEN SIE HIER!

Jane Hinchey ist eine australische Autorin, die am liebsten Cosy Mystery Crimes schreibt, in denen es viel zu lachen gibt – wer sagt denn, dass ein Mord keinen Spaß machen kann? Ihre Bestseller-Geisterdetektivin-Reihe vereint all dies in einem faszinierenden Schmelztiegel aus paranormaler Gefahr, rasanter (aber nicht zu gefährlicher) Action und viel augenzwinkerndem, bissigem Humor.

Jane lebt in der Welt der Sterblichen mit ihrem nicht-paranormalen Mann, zwei Katzen, deren paranormaler Status noch nicht geklärt ist (sie hat sie einmal dabei erwischt, wie sie versucht haben, ein Portal in der Küche zu öffnen), und einer Schildkröte namens Squirt (die riesig ist!).

Kontaktieren Sie Jane über ihre Website und abonnieren Sie ihren Newsletter – www.janehinchey.com

VIP-Lesergruppe – www.janehinchey.com/littledevils

Facebook – facebook.com/janehincheyauthor